茶花女

La Dame aux Camélias

小仲馬

高寶書版集團

閱讀經典　003

茶花女

La Dame aux Camelias

作　　者：小仲馬(Alexandre Dumas fils)
譯　　者：黃友玲
總 編 輯：林秀禎
編　　輯：李國祥
出 版 者：英屬維京群島商高寶國際有限公司台灣分公司
Global Group Holdings,Ltd.
地　　址：台北市內湖區新明路174巷15號1樓
網　　址：gobooks.com.tw
E - mail ：readers@gobooks.com.tw（讀者服務部）
pr@gobooks.com.tw（公關諮詢部）
電　　話：(02)27911197　27918621
電　　傳：出版部 (02)27955824　　行銷部 27955825
郵政劃撥：19394552
戶　　名：英屬維京群島商高寶國際有限公司台灣分公司
初版日期：2006年7月
發　　行：高寶書版集團發行 / Printed in Taiwan

國家圖書館出版品預行編目資料

茶花女 / 小仲馬(Alexandre Dumas fils)著.
-- 初版. -- 臺北市 : 高寶國際, 2006[民95]
面 ;　公分. -- (閱讀經典 ; 3)

譯自 : La dame aux camelias

ISBN 986-7088-64-6(平裝)

876.57　　　　95011529

閱讀經典的理由

小時候，我們每個人都愛聽故事，也愛看故事書，並從中得到了寧靜與喜悅，發現了自己的小天地。但現代人多半忙於公事案牘、碌碌於魚米柴薪，沒有空閒更沒有精力靜下心來閱讀，從而與這項最單純的快樂越離越遠。所以，若想要重新體會這分感動，又苦於好書太多，而時間太少，那麼，閱讀經典文學該是最有效率的方式了。

爲什麼說閱讀經典是最有效率的方式呢？要知道，經典之所以被稱爲經典，在於它們的內容經過悠悠歲月與千百讀者的試煉後，其地位依然屹立不搖，其價值歷久不墜，因此值得人們一看再看，並隨著時代的變革賦予新的意義。

閱讀經典系列將各國經典文學重新迻譯，文字雅潔流暢，是最適合時下青年學子閱讀的經典文本。而入選閱讀經典系列的每本書，無一不是深刻雋永，無一不是文壇大家嘔心瀝血之作。盼望熱愛文學的讀者知音們，能夠盡情徜徉在每本書的奇妙世界之中。

《茶花女》導讀

黃雪霞

小仲馬的《茶花女》出版於一八四八年。一八五二年作者親自將其改編成劇本，在巴黎上演時得到空前的回響，足見這個主題在當時深受歡迎的程度。至於書名則可能源自十九世紀三〇年代的花花公子記者羅杜梅茲雷（Lautour-Mézeray）常在西裝領上的鈕扣孔插一朵茶花而帶動的時尚流行，因此得到「茶花先生」的雅號。

小仲馬曾是巴黎名妓瑪麗・杜伯雷西斯（Marie Duplessis, 1824-1847）的舊識。他們曾相愛一年。一八四五年夏天，瑪麗收到小仲馬寫給她的分手信。信中的口氣似乎把他們之間的愛情看成一段單純的露水姻緣：

親愛的瑪麗：

我不夠富有，不能像你期盼的那樣去愛你，

也不夠貧窮，不能像你期盼的那樣被愛。

且讓我們一起遺忘，
你忘掉一個你應該不會關心的名字，
我忘掉一分不可能的幸福。

四十年後小仲馬將這封信送給在舞臺上扮演茶花女的莎拉‧伯納，並承認這段感情是他二十歲時最美的羅曼史。

《茶花女》故事中屬於作者親身經歷的部分僅止於一開始有關女主角的去世、開棺、身後遺物拍賣，尤其是一八四四年九月瑪麗與小仲馬於綜藝劇院（Théâtre des Variétés，黃友玲小姐中譯文譯為哀德戲院）首次邂逅的經過。當時紅遍全巴黎，名流富紳趨之若鶩的名妓瑪麗之所以願意與身無分文的小仲馬交往，完全是感動於後者的真誠與尊重。

小仲馬當時看到瑪麗因肺癆而咳血，心生同情，自然流露的憐愛，有別於一般只是為美色而千方百計想親近瑪麗的男性；而且他以尊重的態度對待瑪麗，也與一般以為只要有錢就可以為所欲為的追求者不同。除此之外小說的其餘部分完全是出於作者想像。

小說的靈感雖然是來自小仲馬的愛情經驗，但妓女經過真愛與死亡的考驗而得到救贖的故事也是十九世紀浪漫主義偏愛的主題。從繆傑《放蕩生活的故事》中的瑪麗雍•德羅姆，巴爾札克《娼妓的璀璨與悲慘》中的艾思德到《茶花女》中的瑪格麗特；她們的肉體與靈魂透過不同的時空交織成一幅重疊的畫像，似幻似真的呈現在讀者面前。她們共同的特點，就是年輕、美麗、性感。

小仲馬透過亞蒙的眼睛來描述瑪格麗特：「那時，我看著她，越看越著迷。她的美令人銷魂。她的身段那麼苗條，有一種魅力叫人擋也擋不住，我整個人迷失在幻想裡……她身上流露著一種天真的美。她生活墮落，但是我看得出來，她還保留著純潔的那一面。」正如亞蒙所描述的，讀者對這些娼家女子有著無限的想像空間，也因此勾起更多的神祕與遐思。

瑪格麗特知道自己出身卑賤，卻也深切希望有機會過令人尊重的生活。她犧牲自己不斷地付出，卻死於反覆墮落的絕望。小仲馬說瑪格麗特雖是「一個淪落的娼家女子」，但也是「一個純潔的處女」。在某種程度上瑪格麗特是失足淪落，少女原有的純真與初綻的性感，極有可能勝任純情女子的角色。作者希望將罪惡與美德之間的距離拉到最短，但又必須塑造一個可以讓人接受的形象。所以女主角既然是娼妓，就要集敗壞墮落之大成；但缺乏真正的關愛，周遭充滿玩弄她、壓搾她的人，又足以吸引不少的同情。

由此看來，小仲馬在《茶花女》中並不歌頌姦情或荒淫，原則上仍然固守當時中產階級的社會價值觀。

本書中充滿吃喝玩樂的放蕩氣氛，但序幕時開棺的駭人景象以及貫穿全文的肺癆陰影，沖淡了不少表面的歡愉，也說明了女主角及時行樂的心態。

小仲馬在敘述故事的方式也強化小說的意識形態：娼妓迷惑男性，燃燒生命，在提供肉體享樂給一位中產階級第二代的同時，表現出她宿命的純情以及對中產階段價值觀的尊重。

總而言之，小仲馬巧妙的結合情色想像的需要與社會秩序的維持。瑪格麗特愛亞蒙，亞蒙也愛瑪格麗特：真情真愛卻反而使身為娼妓的瑪格麗特無法生存下去。物質與心理方面的障礙無情的逼迫這對戀人。瑪格麗特除了擔憂金錢的問題，還要努力去適應亞蒙加諸於她身上的中產階級規範。亞蒙雖然由瑪格麗特那裡認識了幸福，卻希望瑪格麗特只是屬於他自己一個人的「東西」：但如果不是公爵拿錢給瑪格麗特，他哪有能力提供與瑪格麗特在布吉窪那一段快樂安定的日子呢？這就是亞蒙無法接受又必須忍受的事實！

男主角雖深愛女主角，但時而執著於中產階級的價值觀，時而受困於大男人主義的作祟，心理上一直沒有跳脫世俗的框架。反觀女主角則在這段愛情中經歷一段好的蛻變。

首先，她逐漸放棄人盡可夫的放蕩生活而最後只忠於一位她真心深愛的男人，這個淨化的過程順應情節的發展不但不唐突，反而顯得相當自然，但懲罰的危機似乎也待蓄而發。娼妓的生命質性漸漸消失，取而代之的是一個純情的少女，瑪格麗特幾乎要變成一位中產階級的女人。

可惜這分感情將要超越所有可能的限制而損及既有的社會秩序時，亞蒙的父親都華勒先生出現，象徵著中產階級及其神聖不可侵犯的價值觀。瑪格麗特只有屈服。

事實上，她又成為卑賤的娼妓，透過自己的屈服而希望得到別人的認同。她深切需要亞蒙的尊重，希望被亞蒙視為一個主體，而不只是一個提供享樂的物體。本來她已經視金錢如糞土，毫無所求就是她最大的武器。

然而亞蒙的父親給她一個天大的機會。她的犧牲就是一種人格的升華。重回荒淫的賣肉生涯，她已能無怨無悔，因為除了拯救亞蒙，她已證明自己也能夠有高超的人格。

她只求亞蒙的父親吻她，就像吻他親愛的女兒一樣，可見她是如何盼望能是好人家的女兒！杜瓦先生真的給她最後一吻，「那一刻我感覺我的額頭上滴下了感激的淚珠，那淚珠彷佛洗淨了我過去的罪惡……」瑪格麗特就依賴亞蒙父親的眼淚才有勇氣重操出賣靈肉的娼妓生活，直到絕望與病魔奪走她的生命！

I、昂丹路的拍賣公告

這是一則真實的故事，故事中所有的人物，除了女主角以外，其他的人到現在都還活在這個世界上。由於某些特殊機緣，我將這個故事寫了下來，成了一篇完整，動人的故事。以下我先就故事的背景做一個說明：

一八四七年三月十二日，我在街上看見一張拍賣古董家具的大型海報，上面寫著這項拍賣將在一件喪事結束之後舉行，至於死者是誰則沒有交代，只說拍賣的地點在昂丹路九號，拍賣的時間是三月十六日中午到下午五點。海報底下還附註了一行字，說明有意參加拍賣會的人可以在十三、十四日兩天先去參觀那些拍賣的住宅和家具。

我向來喜歡古董，自然不會錯過這個大好機會，即使是不買，至少也可以去見識一下，於是第二天一早，我就到昂丹路九號那裡去了。

時間還早，但是屋子裡已經湧進了不少客人，特別是一些貴婦人們，她們穿著天鵝絨質的衣服，頸邊圍著喀什米爾的披肩，有豪華的車子停放在屋外等著。我卻看見她們似乎對眼前的一切又驚訝又讚賞。

後來，我終於知道她們驚訝和讚賞的原因了，原來這裡是一個娼妓女子的房子。大戶人家的女人最注意的就是這類女子的打扮，娼妓女子總是有最時髦的行頭，當她們在戲院裡的包廂或是在巴黎的街頭出現時，總能成為其他女人矚目的焦點。

當然，原來住在這裡的那位女子已經死了，所以一般婦女可以毫無顧慮的走進她的臥室。「死」似乎已經潔淨了過去這裡一切的汙穢。或者，她們還有其他理由踏進這妓女的屋子，也許是想來見識一下廣告上的陳列介紹，探知她的生活。然而，貴婦們只能對這些欲拍賣的古董家飾發出驚嘆，卻再也無法發現這屋主往日的奢華生涯。

在這屋子裡所陳列的家具全都是上等貨色，紅木桌椅、中國瓷器、雕像、緞綢、絲絨，琳瑯滿目，目不暇給。

我在屋子裡面跟著這群貴婦們恣意參觀，看見她們逛進一間懸著波斯花錦的房間裡，隨後又笑著走出來，好像看見了什麼羞恥、可笑的事情似的，這使我更加好奇，於是也跟著走進去看看。

那原來是一間梳妝室，裡面陳列著各式精緻的珠寶，看來正是死者高度奢侈的表現。靠牆邊一張桌子上面，一套套名牌的珠寶閃爍著，識貨的人都知道那是非常精緻的收藏品。其他還有許多金質銀質的珠寶，這些應該都是這位過世女子終其一生的私人財產的累積。

我仔細的觀察這裡的每一件珠寶，在雕鑲之間，可以看見各種縮寫的名字，從這幾個似曾聽說過的名字，與屋主的生活做一個聯想，我立刻明白這一切到底是怎麼回事！原來每一件珠寶都代表著這位美麗女子的一次失身，但我總覺得上帝還算是憐憫她，讓她在年輕的奢華與美豔中死去，畢竟，對她們這種人來說，年老就是生命的第一次死亡啊，因為妓女的晚年生活多半是悲慘的，一點尊嚴也沒有，往往是抱恨以終。

我就曾經認識一個過氣的漂亮女子，過往的日子遺留給她的只有一個女兒，據說，她的女兒和她一樣漂亮。母親要女兒以自己的身體去賺錢回報她，就像她養育女兒成人的做法一般。女兒服從母親的命令，奉獻了她自己的肉體，不是因為情慾，也不是為了享樂，只像是學習一種手藝那麼自然。

然而，長期墮落的生涯，使她體弱多病，並漸漸的喪失了辨別善惡的能力。我常見她在每天同一時間，走過大街，而她的母親則是陪在她身邊，那種勢利的殷勤使我覺得噁心。

後來，這女孩意外的發覺自己竟然懷孕了，她是那樣的純潔，以至於興奮的告訴母親這件喜事，她以為她也會為這事高興。

誰知道她的母親竟潑了她一盆冷水的說：「誰養得起這個野孩子？」

三個月以後，這女孩在一次小產中死去。

我一邊瀏覽屋裡的金銀器皿，腦海中不經意的想起了這個悲慘的故事，心裡不免唏噓。時間就在此中不知不覺的溜走，我赫然發現整個屋子只剩下我和那位看門的人。

當我走到門口的時候，就順口問看門人：

「先生，您可以告訴我，從前住在這裡的那位小姐的名字嗎？」

「那是瑪格麗特小姐。」

對於這樣的回答，我非常驚訝，因為我不但聽過這個女人的名字，也曾見過她本人。

「什麼？」我又問：「瑪格麗特小姐死了？」

「是啊！先生。」

「是什麼時候的事？」

「應該是三個禮拜前吧！」

「那為什麼要舉辦這個拍賣會呢？」

「唉！這位小姐欠了不少債，債主們希望這些家具還能賣點錢。」

「拍賣的錢足夠抵債嗎？」

「夠啦，應該還會剩下一點吧！」

「那麼剩下的錢給誰呢？」

「她家裡的人吧！」

「原來也還有家人。」

「是的！」

「打擾你了，先生。」

我離開那裡以後，邊走邊自言自語說：

「可憐的女人！她死的時候一定很淒涼，在她們的生活裡，只有身體健康的時候才有朋友吧！」

想想，不由得對瑪格麗特憐憫起來。

也許很多人會覺得我有這種想法很是可笑，但是，不知道怎麼的，我對娼妓女子一直都有一種特別的寬容。

II、茶花女

拍賣會訂於十六日舉行。

瑪格麗特死後不久，我剛從外地旅行回來，但我的朋友從沒有向我提起她死了的消息。想來這似乎也是很自然的事。

她是個漂亮的女人，但是，像這種生前越是有名氣的女人，死後就會越落寞，她們的一生如同太陽的沒落和升起，都是靜悄悄的，沒有人會注意。

如果她們有幸在年輕的時候就死去，可能還會讓情人們留念。其實，一個女人如果成了巴黎著名的交際花，她的情人們差不多也都互相認識。大家可能會為她的死唏噓一陣，談談她的生平，交換一下各自的羅曼史，然後，又各自回到自己的生活軌道，彷彿那些事情從來沒有發生過似的，當然，他們更不可能為那個死去的女人流下一滴淚水。

至於我呢，雖然我的名字從不曾刻在她的紀念飾品上，但是，當我面對這類女子時，總有一分特別的寬容與同情，禁不住為她的死亡感到哀傷。

我記得曾經在巴黎近郊的尚塞利塞樹林裡見過瑪格麗特，當時她正坐在一輛藍色小巧的篷車裡，車前有兩匹栗色的駿馬拉曳著，那時候我就注意到她那迷人的風采，是那麼美麗而高貴，和一般女子不同。

像她們這樣的女人，出門遊玩的時候總是不知道該請誰來相伴，那些和她們交往的男人既然不願意公開與她們之間曖昧的關係，當然更不可能與她們出遊。但這類女子又特別怕寂寞，無可奈何之下，她們只有找些景況比她們更差的姑娘們同行。

但是瑪格麗特卻不是這樣，她到樹林裡散步的時候，總是獨自一個人。

她坐在她的車子裡，總是盡量隱藏自己。冬天的時候，她圍著一條長長的喀什米爾披肩，夏天的時候，就是一身樸素的衣衫。她偶爾也會下車來散步，遇到認識的人，偶爾也會向他們微微一笑，那種微笑就像是一位公爵夫人的雍容風度。

她並不像其他的女子那樣，還不到樹林，就下車到圓形廣場和尚塞利塞大街街口之間散步；她總是讓她的馬把車子拉到樹林裡頭，她才下車走路，獨自漫步一個鐘頭左右，然後再上車，催促馬夫迅速回家。

每當我回憶起這一幕幕情景，心裡便不由得惋惜起來。我惋惜她的死，就像是人們惋惜一件藝術家的作品被毀壞一般。

瑪格麗特的確是個絕色女子。

我從來沒有見過比瑪格麗特還要美麗的女人。高䠷的身材，喀什米爾披肩一直垂拖到地上，兩邊露出綢衫寬闊的衣襟，厚茸茸的皮袖裡是她細嫩的雙手。

她的臉是那樣小巧動人，一雙黑溜溜的眼珠，配上兩彎畫眉，長而濃密的睫毛，時而低垂在玫瑰色的眼瞼上，撒下一抹淡微的陰影，清秀筆直的鼻子，相映著美麗的雙脣，柔脣輕啟處是兩排潔白的皓齒，還有那柔膩的皮膚，黑如墨玉般的秀髮，似有若無地漾著天然的波紋，前額有撩人的瀏海，而兩隻耳朵的下方，閃耀著值四、五千法朗一只的鑽石耳環。

這樣的瑪格麗特，讓我相當困惑！我不懂為什麼一生在風塵中打滾的瑪格麗特，卻有著一張那樣純潔天真的面孔。

曾經有一位名畫家為瑪格麗特作畫，我想也只他能畫得出她的韻味美。那幅畫在瑪格麗特死後，有幾天，這幅畫落在我手裡，我還保留了幾天，畫得真是唯妙唯肖，每當我對她的記憶退化時，我就拿那幅畫來想念一番。

瑪格麗特生前，每一天晚上幾乎都是在戲院或是無廳裡度過，所有新劇本的首映表演，她一定到場欣賞。在那些場合，她總是帶有三樣東西，也就是一副手持望遠鏡，一袋糖果，還有一束茶花。

一個月裡面，有二十五天她拿的是白色的茶花，剩下的五天，則是紅色茶花的專屬日子，所有的人都注意到這件事，但是從來沒有人知道這顏色的變換，究竟代表著什麼意義！

除了茶花以外，她從不戴別的花。而且她總是固定到巴爾戎太太的花店買花，所以就有人給她取了個外號，叫做「茶花女」，這名字一直流傳到現在。

瑪格麗特曾經公開承認，她做過許多巴黎名人的情婦，而那些人也不諱言與她的關係，可見雙邊都為此頗為得意。

可是，據說在她生命的最後三年，她從巴涅爾市旅行歸來以後，就和一位老公爵同居，那位老人非常有錢，他曾經努力想改變瑪格麗特的生活，而瑪格麗特也樂意接受新的生活。

關於這件事，我也是聽別人說的，整件事大概是這樣：

一八四二年春天的時候，瑪格麗特的身體非常虛弱，醫生囑咐她一定要找一個有溫泉的地方調養才行。於是，她就去了巴涅爾市。

在巴涅爾市養病的眾多病人之中，其中有一個女孩是公爵的女兒，她和瑪格麗特一樣，得的是肺結核，她們兩人的相貌非常相似，簡直就像是姊妹一樣。只是那女孩的病況已經到了第三期，所以，在瑪格麗特抵達巴涅爾市後幾天，那女孩就死了。

公爵埋葬他心愛的女兒之後，仍然留在巴涅爾市，就在某天清晨，他偶然在馬路的轉角處瞥見了瑪格麗特，那老人以為看見自己女兒的身影，就隨著下意識的驅使，一直向她走去，接著緊握瑪格麗特的雙手，流著淚又親又吻，甚至也不問她到底是誰，就請求她允許自己可以時常去看她，以安慰他失去愛女的心。

瑪格麗特來到巴涅爾市，只帶了一個女傭，她想對這老年人也沒有什麼嫌疑可避，就答應了他的要求。

後來，有認識瑪格麗特的人告訴老公爵，瑪格麗特真實的身分是妓女，這對公爵而言的確是個打擊，從此他也不再覺得瑪格麗特像他的女兒，但是，時間的沉積已經留下痕跡，瑪格麗特已經在他心裡占著非常重要的地位，他不能失去她。

所以，他一點也不責備她的所作所為，倒是想辦法希望能改變她的生活，他說他願意供應她所有需求，但她必須脫離過去的一切生活；而瑪格麗特也答應了。

其實，在這裡必須說明，瑪格麗特答應公爵請求的原因，那即是她認為過去的生活是害她生病的主因，她希望藉由此次的悔改，上帝能寬容的將她的美貌和健康還給她。

泉水的治療、長期的靜養以及悠閒的漫步，果然很快就使她恢復了健康。

公爵陪她回到了巴黎，然後還像在巴涅爾市一樣，公爵時常去探望她。

不久，巴黎便傳出了公爵和瑪格麗特結合的消息，大家都覺得十分驚訝，不過像這種富有的老人愛上年輕女子，也是常有的事。

事實上，老公爵對瑪格麗特是父親對女兒的情感，他對她如果有任何不好的念頭，他都會覺得那是一種猥褻，他與她之間是純潔的。

只是，瑪格麗特無法甘於寂寞。在巴涅爾市，她是在養病，所以很容易就遵守了老公爵的要求，但是，一回到巴黎，慣於爭逐跳舞和酒食生活的她，就無法安分了。她總是覺得寂寞難耐，公爵定期的探望並不能解除她的煩悶，過去生活的繽紛與熱鬧，重新在她的心頭活躍起來。

況且，休養生息之後的瑪格麗特比過去更美了，正值雙十年華的她，暫時的隱居使她更加健康，同時對於慾望的追求也就更強烈了。

公爵的朋友都以為公爵和瑪格麗特有夫妻之實，為了不損及公爵的名譽，所以他們常常暗中窺探瑪格麗特的日常生活及社交狀況，當他們發現瑪格麗特背著公爵接客時，就偷偷地向公爵報告。

公爵知道這樣的事情之後，自然是非常痛苦，他以為瑪格麗特已經改過自新，沒想到卻還是重操舊業。後來，經過公爵一番盤問，瑪格麗特也坦承了一切，還坦率的說她不願意再受到公爵任何關心，她已經沒有辦法再遵守他們的約定。

公爵整整一個禮拜沒去看她，到了第八天，公爵終究還是去瑪格麗特的住處，並且請求她日後還能再來探望。至於她的生活，他不再過問就是了。

這就是瑪格麗特回到巴黎之後三個月的事，時間是一八四二年十一月到十二月之間。

Ⅲ、拍賣會現場

十六日下午一點，我到了昂丹路九號。

遠遠的，我就聽見屋子裡拍賣人的聲音。

屋子裡擠滿了人。

繁華社會裡的名人幾乎全都來了，大戶人家的貴婦也趁這個機會來見識一下奢華的拍賣會，瞧瞧這個妓女的住所，說不定在他們心中還暗自羨慕瑪格麗特小姐的放蕩享樂生活呢！賣場內摩肩擦踵，有錢的名流貴婦四處穿梭，有的爭買家具，有的為了中意的擺飾互別苗頭，爭得面紅耳赤，反正在場的人的情緒都沸騰到了最高點。

在這個人聲鼎沸的場子裡，有不少人都是死者生前的熟人，但是在現在這種情況下，似乎也顧不到懷念之情了。

大家高聲談笑著，不管拍賣委員們一遍又一遍聲嘶力竭的叫喊：

「大家安靜一點！」

還是一片喧嚷嘈雜，沒有人理會他們。我從來沒見過這麼熱鬧混亂的場面，這樣的場景發生在可憐的瑪格麗特死去的臥房邊，看著那些拍賣商人在飾品高價賣出時的笑臉，真是令人嫌惡。

在這一片亂哄哄之中，我想起在這裡死去的女人，不禁悲從中來。衣服、珠寶、喀什米爾毛織物，這些東西很快就會被賣掉了，那些我沒有一件用得著，所以我還是靜靜的等著。

忽然間，我聽到一陣叫喊聲：

「書一本，書名是《曼農勒斯戈》，精裝本，鑲金邊的，十法郎！」

「十二法郎！」一陣安靜後，有一個聲音喊出。

「十五法郎！」我說。

我為什麼要買？我也不知道。大概是為了看一下書上是否有什麼值得紀念瑪格麗特的話語吧！

「十五法郎！」拍賣人重複說了一遍。

「三十！」第一個聲音現在又抬高了價錢，喊價的音調像是要挑戰。

此時，全場開始有了競爭的氣氛了。

「三十五個法郎！」我也用相同的音調喊了起來。

「四十個！」

「五十個！」

「六十個！」

「一百個！」

場中頓時靜了下來，所有人都轉眼望向我，好像是要看看我到底是什麼樣子的人，為什麼拚了命要買下那本書。

我的叫價氣勢似乎把對手給鎮懾住了，終究我還是贏了這場價格戰，對方已經放棄了，過了一會兒，他和氣地向我鞠了一個躬，說：

「就讓給你吧！先生。」

別人也不再說什麼，看來那本書是賣給了我。這一次我花了近十倍的價錢買下那本書。

我想在場的人一定覺得奇怪，不懂我為什麼要跑到這裡來，用十倍的價錢買一本隨處可以買到的書。

為了怕自己會再做出類似如此賭氣的事情，我決定離開拍賣會場；另外，就算是我的自尊心夠強，我的荷包也不見得爭氣。

回來之後，我派人到拍賣商那裡取回一個小時前買下的書，我翻開那本書，看第一頁上面有一行勁秀的字跡，是贈者的題字，寫著：

曼農比不上瑪格麗特。

底下的署名是「亞蒙．杜瓦」。

這「比不上」是什麼意思呢？據這位亞蒙先生的意見，難道他認為曼農在放浪一生之後，仍然必須承認自己不如瑪格麗特嗎？

後來，我又有事出門，一直到晚上臨睡前，才又想到這本書。

《曼農勒斯戈》的確是一篇動人的故事，裡面的情節我無不熟悉，但是，每次拿起它時，我的情感卻澎湃依舊；再次翻開它，隨著書中女主角的心情，彷彿已經走過了另一個人生。她的形象在我的腦海中是那樣鮮明，好像我認識她似的。

而此時，我將瑪格麗特和書本中的女主角曼農做個比較，更添了閱讀的趣味。曼農是死在荒涼的沙漠裡，但是，她的情人守著她，墳是情人親手掘的，又在情人的淚水中死去，曼農可以說是幸福的。

至於瑪格麗特呢？她和曼農一樣，度過墮落的一生，雖然她最後死在繁華與富麗中，但是，依我看，她實際的處境比曼農的沙漠墳地更枯乾、更荒涼、更殘酷。

據我所知，瑪格麗特死前兩個月過得非常痛苦，我想想她，又想想曼農，又想到我所認識的一些女人，我看見她們一步步走向死亡的永恆。這些靈魂多麼可憐，如果說，她們的所作所為不值得我們去愛，至少能給她們些憐憫吧？我們憐憫看不見的瞎子，憐憫聽不到的聾子，也憐憫說不出話來的啞巴，但是這些心靈的瞎子、心靈的聾子和心靈的啞巴呢？她們從來不曾窺見幸福的天堂，也不曾聽到天上來的福音。在虛假的世間道德的藉口下，卻沒有人同情這些在心靈上苦受壓迫的人！

雨果寫過馬里翁．德．洛而姆，繆塞寫過貝爾納雷脫，大仲馬也寫過費爾南特，每一個時代的思想家與詩人，都曾經向娼家女子表示他們的同情，甚至還有些人，用愛與行動恢復了她們的自尊。至於我，我相信對於這些不曾受過正常教育的女子，上帝還會為她們開了兩條走向善的境地的路，那就是苦與愛。這兩條路都是非常艱難，走的時候，手上會流血，腳也會破皮，因為一路上都是荊棘滿布。

如果有人在人生的路上遇到這些勇敢的旅行者，我想，我們應該要幫助她們。

IV、書歸原主

兩天以後，拍賣會完全結束了。總共賣出十五萬法郎，債主們分去了三分之二，其餘的歸給了瑪格麗特的一位姊姊和一位外甥。

處理瑪格麗特的後事的商人，寫了一封信給她的姊姊，說明她繼承了五萬法郎的遺產。據說，當她知道這件事以後，睜著一雙大眼睛，不敢相信。

事實上，她已經有六、七年沒見她妹妹了，自從瑪格麗特逃家以後，她一直打聽不到妹妹的消息。

瑪格麗特的姊姊得知消息之後，連忙趕到巴黎，所有看見她的人沒有一個不驚訝的，原來瑪格麗特的財產繼承人是一個漂亮的鄉下姑娘。這個頗有姿色的村姑自出生以來，可從沒離開過家鄉的小村莊呢！這次發了一筆大財，她到現在可能都還搞不清楚到底發生了什麼事。

後來，聽說這個繼承大筆遺產的姊姊在回到家鄉之後，為她妹妹的死感到十分悲傷，幸好她有一筆數目龐大的遺產來補償悲傷。

以上這些事在巴黎的確掀起了一陣風波，不過，不久大家就又淡忘了。直到發生了一件事，我才繼續留意這件事的來龍去脈：

有一天早上，我的家裡來了一位客人。僕人回報說，那位先生遞上一張名片，說他想要見我。

我看那名片，上面寫著：「亞蒙．杜瓦」。

我回想著曾經在哪裡見過這名字，一會兒之後，我才想起原來是那本我從拍賣會上買回來的書，書上的第一頁就寫著這個名字。

他就是贈書給瑪格麗特的那位仁兄，她找我有什麼事呢？我立刻吩咐僕人請客人進來。

他是一位身材高大、金髮的年輕人，臉色慘白，一身旅行者的裝扮，風塵僕僕地站在我面前。

難掩情緒上的激動，他的淚水在眼裡打轉，聲音是顫抖的，他說：「先生，請您原諒我的冒昧來訪，我今天是特地來找您的。」

我請他靠爐邊坐下，他從回袋裡拿出手帕掩面嘆息，接著說：「你一定不知道我找您有什麼事，在這一大清早，一個陌生的年輕男子，邋遢的模樣，又哭成這個樣子……先生，我來這裡是想請求您一件事情。」

「什麼事？你儘管說。」

「瑪格麗特小姐家裡拍賣的時候，您在那裡吧？」

才說完「瑪格麗特」的名字，他又禁不住掩面哭泣。過了一會兒，又說：

「您一定覺得我很可笑，對不對？無論如何，請您原諒我的失態，讓我慢慢的把一切說給你聽。」

「有什麼事，你儘管說，幫得上忙的地方，我一定盡力而為。」

「瑪格麗特家裡拍賣的時候，您買了一些東西，對吧？」

「是啊，一本書。」

「是《曼農勒斯戈》吧？」

「是啊。」

「那本書現在還在您這裡嗎？」

「在我臥室裡。」

聽到這個消息，他好像心裡放下一塊大石頭似的，鬆了一口氣，並立刻表示謝意，彷彿我保留那本書是幫了他一個大忙。於是我站起來，走進臥室，取出那本書交給他。

「就是它！就是這本書！」他一面說，一面翻開第一頁。接著兩滴淚珠重重落在書頁上。

「先生，您喜歡這本書嗎？」他淚眼婆娑地問，也顧不得男人的形象了。

「你為什麼這樣問？」

「我是來求您把本書割愛給我的啊！」

「請原諒我的好奇，這本書是你送給瑪格麗特的吧？」

「是啊。」

「那麼這書本來就是你的，你拿回去好了，我很高興能書歸原主。」

「但是，」他有點不好意思地說：「至少我該把錢還給您。」

「沒關係，就當作是我送給你的吧！在那種場合買賣，本來就有一種玩笑性質，況且我也忘了花多少錢買的。」

「您花了一百法郎。」

「真的？」輪到我有點不好意思了：「你是怎麼知道？」

「要得知這樣的訊息其實很簡單，我原來希望能趕上拍賣會，可是我今天早上才到。我想無論如何一定要買到一點瑪格麗特的東西，我連忙跑到拍賣會委員那裡，請他容許我查一查拍賣名冊。

「後來我查出這本書是您買來了，就想來找您問一問。不過想到您花了那麼高的價錢買來，也許想留作紀念或是什麼的……但我還是厚著臉皮來了，我想請求您割愛。」

我聽他這樣說，便知道他一定疑心我和瑪格麗特之間也有特別的曖昧情愫，於是我連忙向他解釋，請他放心，說：「我和瑪格麗特小姐只是數面之緣而已，我惋惜她的死，所以，到拍賣會場上湊湊熱鬧罷了。至於買這本書，也只是賭氣而已，和出價的對手較較勁，並沒別的意思。

「既然你是這本書的主人，我當然願意還給你，或者就讓我們兩個人因為這本書交個朋友吧。」

「這樣也好，先生。」他伸出手來和我握手，又說：「那我就接受了，我這一輩子都不會忘記您的厚恩。」

我很想問他關於瑪格麗特的事，卻又擔心如果這樣做，會不會讓他覺得我用金錢來刺探他的隱私，所以我什麼也沒提。

倒是他看出了我的心事，囁嚅地說：「這本書您看過了嗎？」

「看過了。」

「你對我寫的那行字有什麼看法？」

「我一眼就看出來，在你的眼裡，瑪格麗特一定是一個與眾不同的女子，所以我不認為你只是隨便恭維而已。」

「您說得對極了，先生，瑪格麗特小姐就像是一位仙女。來，給您看看這封信。」

他遞給我一張紙，那紙看起來好像已經讀了許多遍。

紙上寫著：

我親愛的亞蒙：

我已收到了你的來信，你還是那麼仁慈，感謝上帝啊！是的，亞蒙，我是病了，而且病得很嚴重。但你的關心已經減輕了我許多痛苦。我想未來的日子不多了，我們可能再也沒機會見面了。我想，如果世上有什麼東西可以救活我，那就是你這封信了。

我再也見不到你了，因為我距離死亡已經很近很近，而你還在千里之外。我的亞蒙，你的瑪格麗特已經變樣了，你知道嗎？再也不是過去的她了。你如果看到她現在這個樣子，還不如不見的好。

你問我，是不是願意原諒你？啊！亞蒙，我整個心都是你的，你從前給我的痛苦，難道不就是表明了你對我的愛情嗎？我臥病在床已經一個月了，為了要讓你了解我的心情，我每天都寫日記，就從我們別離的那一刻起。

我會一直寫，寫到我無法提筆為止。

如果你還愛我，那麼當你回來的時候，就去看看瑜莉吧！她會把我的日記交給你，這樣，你就可以知道我這些日子的心情。

我每天都回憶著我們過去的幸福，那對我來說，是好大好大的安慰。我一直想留點什麼東西給你，好叫你永遠記得住我，但是我這裡所有的東西全都被人監視著，沒有一點點東西是屬於我自己的。

你明白了嗎？亞蒙，我就快要死了。從我的病床上，我聽到客廳裡那些警衛的聲音，那是我的債主派來監視我的，他們不准任何人拿走任何一點東西。唉，在我還沒斷氣以前，我已經一無所有了，我現在只是希望他們能等我死了以後，才開始動手拍賣我的東西。

啊！人是這麼冷酷無情！我錯了！我想，不如說上帝是正直不阿、鐵面無私的吧！

好吧，親愛的，拍賣會的時候，希望你趕來買點東西吧，我現在就是想為你留點什麼小東西，也怕讓別人發現，到時候怕他們要誣陷你詐欺偷竊呢！

我的生命就要結束了，人生是多麼悲慘啊！

願慈愛的天父讓我在死去之前，還能見你一面。然而，照現在這情形看來，是不太可能了。

永別了，亞蒙，請你原諒我，我再也不能寫什麼了！醫生不斷的為我放血，把我弄得軟弱不堪，我的手已經沒有辦法再寫了。

瑪格麗特

的確，後面幾個字跡模糊，已經不太容易辨認了。

看完之後，我把那信交給亞蒙，他一定又在心裡把這信想了一遍。亞蒙一面收信，一面對我說：「誰會相信這是一個妓女寫的信呢？」他臉上露出回憶的神情，又看了一會兒信上的字跡，最後把那信湊近唇邊親吻：

「每當我想到她死了，而我連最後一面都沒見到，以後永遠也不能再見到她；每當我想到她如何愛我，而我卻讓她這樣死去，我實在不能原諒我自己！她死了！她死了！臨死前還想著我，筆下寫著我的名字，嘴裡念著我的名字，啊！可憐的瑪格麗特！」

說到這裡，亞蒙終於再也忍不住瀕臨潰堤的淚眼，痛哭了一場，一會兒之後，他又繼續說：

「不知情的人看見我傷心成這個樣子，一定會笑我太孩子氣。其實，我讓她吃了太多的苦，我對她太殘忍，而她一直是那麼逆來順受！從前她要我原諒她，而今呢，我不配讓她來原諒我。啊！我多麼願意以我十年的壽命，來換取在她面前一個小時的哭泣！」

雖然我仍然不知內情，不過我已經十分同情這位年經人，我說：

「你沒有親戚朋友嗎？去看看他們，或許他們會給你一些安慰，至於我，我只能同情你。」

「啊！真是對不起，我打擾您了，請原諒我。」

「你誤會我的意思了，我是說我的力量恐怕不足以平息你的痛苦，不過，你如果需要什麼，我非常願意幫助你。至於你的悲傷，你不妨說出來，也許痛苦就會減輕一點。」

「您說得有理，不過我今天只想大哭一場，改天我一定會把這段故事告訴您。」

他站起來，眼裡又充滿了淚水，他知道我察覺了他不止的悲傷，就轉離我的視線。

「朋友，」我鼓勵他：「勇敢一點！」

「再見！」他回答了一聲，勉強自己不哭出來，然後飛奔而去。

我掀開窗簾，看見他上了馬車，一跳進車裡，他又拿出手帕掩面哭泣。

V、年輕人

過了好長的一段時間，亞蒙的消息幾乎沒有人知道，倒是瑪格麗特的名字常聽人們提起。在過去，朋友們很少談論到瑪格麗特，但是，現在只要我一碰見他們，便會問：「你們知道有一位叫瑪格麗特的小姐嗎？」

「是茶花女嗎？」

「就是她。」

「那小姐是個什麼樣的人呢？」

「她是一位不錯的女人。」

「就這樣？」

「是啊！而且她比別的名女人聰明，也比較有愛心。」

「你還知道些什麼呢？」

「她曾經把G伯爵的家產敗光，她還做過一位老公爵的情婦。」

「她真的是他的情婦嗎？」

「大家都這樣說，不管怎樣麼，他給了她很多錢花。」

「她是不是曾經有過一個情人叫做亞蒙．杜瓦？」

「一個高個子，金頭髮的？」

「對啊！」

「聽過這個人。」

「那個亞蒙是什麼人？」

「是一個小伙子，為了瑪格麗特，他幾乎也把他的錢都花光了，後來被迫離開她，而且聽說他為這事幾乎要發瘋！」

「那麼瑪格麗特呢？」

「她也很愛他，大家是這麼說的，反正像她們那種人，什麼愛不愛，還不就那麼一回事！」

「亞蒙後來怎麼樣了？」

「不知道，沒有人去注意他，他和瑪格麗特一起在鄉村裡住了五、六個月，後來她又回到巴黎來，他也就走了。」

「以後再也沒見到他？」

「沒有。」

自從上一次見面後，我再也沒見過亞蒙，不過，我總是會想到這個年輕人，當然，我也希望能從他那裡探聽出這一個動人心弦的故事。

因此，我想，亞蒙既然不來，我何不去找他呢？

我跑到昂丹路去，我想也許瑪格麗特的門房會知道亞蒙住在什麼地方。誰知門房換了人，那人也不知道。於是我只能往埋葬瑪格麗特的墓園那裡去打聽。

瑪格麗特是葬在蒙馬特爾墓園。

四月的陽光明媚，天氣十分晴朗，墓園已不像冬天那麼淒清。

我走進管理員的小屋裡，請他查一查二月二十二日那天，是不是有一位名叫瑪格麗特的女人葬在這裡，他拿出登記簿，不一會兒功夫就找到了。

我請他帶我到瑪格麗特的墳上去，因為在這死亡的專屬城市裡，街道的複雜並不亞於活人的城市。走著走著，他招呼一個園丁過來問這事。園丁連忙說：

「我知道，我知道，那座墳很好找！」

「為什麼呢？」我問他。

「因為她上面有特別不同的花。」

「是你在照料的嗎？」

「哦！是一位年輕男子託我照顧的。」

「我們到了。」幾個轉彎之後，園丁站住了，對我說。

我的眼前都是白色的茶花，若不是那一塊鐫刻著名字的白石墓碑，沒有人會知道那是一座墳。

「你覺得怎麼樣？」園丁問我。

「美極了！」

「只要有一朵花枯萎了，我就換上新的。」

「誰叫你這麼做的？」

「就是那一個年輕人，他第一次來這裡的時候，哭得好傷心，我想他一定是死者的好朋友吧。我聽說這是一位妓女的墳，有人說她生前很漂亮的，先生，你認識她嗎？」

「認識。」

「也像那個年輕人一樣嗎？」園丁臉上露出調皮的微笑。

「不，沒那回事，我從來沒跟她說過話呢！」

「那你今天來看她，你的心地可真好！其實，來看她的人可以說是寥寥可數啊！」

「真的沒有人來過？」

「沒有，除了那個年輕人來過一次以外，就是你了，再也沒有別人來過。」

「那個年輕人也只來過一次？」

「是的，先生，後來他再也沒有來過。不過他說，等他回來以後，他還會再來。」

「他去旅行？」

「是的。」

「你知道他去哪裡嗎？」

「我想是到瑪格麗特小姐的姊姊家裡吧？」

「他去那裡做什麼？」

「他去要求她姊姊允許他挖出這個女子的屍體，改葬在另一塊地方。」

「為什麼他不讓她葬在這裡呢？」

「這一塊地只能使用五年，那個年輕人想買另一塊可以永久埋葬的土地，而且比現在的這個地方還要大一點。」

接著，他有感而發的說：

「我聽說，有人為這妓女把家產都給敗光了，唉，只是我不懂為什麼現在就沒有人願意買一朵花來看看她？」

「你知道不知道亞蒙的地址？」我直接問他。

「知道，他住在……那個什麼街，我知道，我每次都到那裡去拿花錢的。」

「謝謝你，朋友。」

我看了這花墳最後一眼，我甚至想挖開這一堆土，看看這土究竟把這美人兒弄成什麼樣子，唉，想到這裡，心裡又難過起來。

「先生，你是不是想看看亞蒙先生？」園丁又問。

「是啊！」

「不過我想他一定還沒有回來，不然他肯定會到這裡來。」

「你是說，他還沒忘記瑪格麗特小姐？」

「當然，我相信他不但沒有忘記她，我還敢打賭，他要搬動她的墳，就是想再見她一次。」

「這是怎麼一回事？」

「上次他到我這裡來的時候，第一句話就是：『我想要再看看她，我該怎麼做呢？』

「我告訴他，只有遷葬才辦得到。於是我向他說明該辦的手續，例如要家屬同意，還要有一位警官到場監視，這次亞蒙去找瑪格麗特的姊姊就是為了這事，你相信我吧，他回來之後第一個要拜訪的人就是我。」

我和園丁走到墓園門口，我又謝了他，掏出幾個酒錢放在他手裡，就循著他所指示的地址去了。

亞蒙還沒回來，我在他家裡留了字條，請他一到巴黎就通知我。

第二天一早，我收到亞蒙的一封信，信裡告訴我，他已經回來了，並請我到他家裡去看他，他因為過度疲勞而沒辦法外出。

VI、最後一面

我看到亞蒙時，他正在床上。他見我來訪，伸出那他燙人的手握住我。

「你在發燒！」我說。

「沒什麼，只是旅行後的疲勞罷了。」

「你是從瑪格麗特家裡來的嗎？」

「是啊，誰告訴你的？」

「是墓園的園丁，他把一切都告訴我了。」

「你看到那個墳墓？」

我幾乎不敢答覆他，因為一提到這事，他說話的音調變得憂傷起來。

我只有點頭示意。

「他有沒有好好照料她？」亞蒙問。說著，他禁不住悲傷而流下淚水。他連忙掉過頭去，我也假裝沒看見，試著換一個話題。

「你離開了三個禮拜了吧？」

亞蒙舉起手擦去淚水，答道：「剛好三個禮拜。」

「這趟旅行，你應該去了不少地方吧？」

「其實，我並不是都在旅行，我病了兩個星期，否則我早就回來了。我一到那裡就生病了，所以只能待在房間裡。」

「你動身回來時，病還沒好？」

「是啊！但是我想如果再在那裡待一個禮拜，我一定會死在那裡！」

「好了，無論如何，你總算是回來了，應該好好休養，你的朋友會來看你的。我不就是第一個來看你的朋友。」

「不，我不能再休息下去，兩個鐘頭以後我就必須起來了。」

「那怎麼行？」

「不起來不行啊！」

「你有什麼急事要辦？」

「我要到警察局去。」

「你為什麼不找一個人幫你辦呢？你這樣奔走，只會加重病情啊！」

「你不知道，只有看見她，我的病才會好。自從我知道她死了以後，尤其是後來我見了她的墳以後，我就再也睡不著覺了。我怎麼也想像不到，我離開她的時候，她還那麼年輕貌美，突然之間，她竟然死了！我一定要親眼看到她才能相信，我要看看上帝究竟把我心愛的女人弄成什麼樣子！她的樣子也許很可怕，但是，也許那樣就能醫治我的憂傷，你願意陪我一起去嗎？」

「她姊姊對遷葬一事有沒有什麼意見？」

「她什麼也沒說，她看見一個陌生人願意為瑪格麗特買一塊墳地，還願意為她造一座新墳，她立刻就簽字了。」

「那還蠻順利的，不過，我勸你還是等你的病完全好了再辦這事。」

「你放心，我會好的，而且，如果不趕快解決這事，我會發瘋的！我看不到瑪格麗特，我的心情是絕對不可能平靜下來的，說不定這就是我發病的原因呢！」

「好，我懂了。」我對亞蒙說：「我完全照你的意思去辦，喔！你去看過瑜莉了嗎？」

「看過了，就在我回來那天，我第一件事就是去看她。」

「她把瑪格麗特留給你的稿子交給你了嗎？」

「就在這裡。」他從他的枕頭下取出一個紙捲，晃了一下隨即又放了回去。

「這些紙上寫的每一句我都背得出來，這一個禮拜以來，我每天讀它十遍，你以後也會看到的，不過要等我心情平靜些，我再替你解釋，你就可以明白裡面寫的意思。現在，我還有一件事要請你幫忙。」

「什麼事？」我問。

「你有車子在外頭吧？」

「有。」

「那麼你可不可以拿著我的護照到郵局，去看看有沒有我的信？我父親和妹妹應該有寫信來，我離開的時候非常匆忙，沒來得及通知他們。等你回來以後，我們一道去通知警察局，請他們預備明天的事。」

我帶著亞蒙的護照前往郵局，果然有他的兩封信，我將信件領了回來。

等我回來，亞蒙已經穿戴整齊，預備出門了。

「謝謝你，」他拿了他的信：「這是我父親和妹妹的來信，他們一定不知道為什麼我沒跟他們聯絡？」

他拆開那兩封信，兩封各有兩張信紙，他看了一眼，就折了起來。

「我們走吧。我明天再回信。」

到了警察局，亞蒙遞上一張瑪格麗特姊姊的同意書，警官在核對無誤之後，給他一封通知守墳人的信。上面寫著遷葬訂於明天早上十點舉行。後來我們又約了次日早晨九點見面，再一道去墓園。

我非常想看這一幕景象，這事讓我一夜都沒睡好，我想對亞蒙來說，更是難熬的漫漫長夜。

次日早上九點我到亞蒙的住處時，看見他的臉色白得嚇人，但是，神態仍然十分平和。出門前，亞蒙手裡拿著一封厚厚的信件，是他寫給他父親的，或許他已將整夜的相思融入字裡行間了。

半個鐘頭以後，我們到了墓園，警官已經在那裡等我們了。我們幾個人慢慢的向瑪格麗特的墳墓走去。走著走著，我感覺出亞蒙全身發顫，我看了看他，他明白我的意思，向我露出安慰的微笑。

快到墳墓前的時候，亞蒙停下來擦擦他的汗，我也利用這個機會換了一口氣。我的心好悶。

到了目的地，園丁已經搬開了花盆，鐵柵欄也移開了，有兩個人正在那裡掘墳。

亞蒙靠著一棵樹，凝神的看著這一切，那一分專注好像全副生命都集中在那裡似的。

突然間，有一柄鐵鍬碰到一顆石頭。亞蒙聽到那聲音，像觸電一般向後一退，緊緊握住我的手，握得我好痛。

挖墳的人繼續清理墳坑裡的土，直到看見棺材。

我注意亞蒙，深怕他會支持不住，可是他還是凝神注視，好像中了邪似的，嘴脣微微的顫抖。

我自己呢，開始後悔自己為什麼要來到這裡見這一幕。

棺材完全露出來了，只聽那警官命令挖墳人說：「打開！」

那兩個人就聽命行事，好像在做一件很平常的事似的。

棺材是橡木做的。他們動手轉開棺蓋的螺絲釘。那些釘子因著泥土的潮溼，已經長滿了鏽，所以他們費了些力氣才把棺材打開。

一陣臭味竄了出來，雖然棺木上覆蓋著許多鮮花，但仍掩蓋不住這一陣陣令人作噁的臭味。

「啊！天啊！天啊！」亞蒙低聲自語，臉色更蒼白了。

連挖墳的人都退後兩步。

一大幅白色的屍幃布包裹著屍體，看得見幾道身體曲線，屍幃的一端幾乎已經被腐蝕，死者的一雙腳露了出來。

我那時也站立不住了……走筆至此，那一幕景象仍歷歷在目。

「動作快一點！」警官命令著。

掘墳的兩人中的其中一個伸手撕開那幅屍幃，瑪格麗特的面孔赫然眼前。

那樣子真是駭人，眼睛只剩下兩個窟窿，嘴唇已經沒了，白牙齒一顆接著一顆排列著，長長的頭髮已經枯乾了，稀稀疏疏地貼在太陽穴上，掩蓋著面頰上的凹陷。即使是這樣，我仍能從那面孔上認出以前那張紅白交映的姣好面容。

亞蒙目不轉睛地看著，嘴裡緊咬著他的手帕。

至於我，我只覺得頭上似乎被一道鐵環箍住，眼前被一幅帳幕遮著，耳邊轟隆隆的。

一陣昏眩中，我聽到警官對亞蒙說：「你認出來沒有？」

「認出來了。」他低沉的回答。

「那麼蓋起來，抬走。」警官說，挖墳人蓋下屍幃，把死者的臉孔蓋住，再闔上棺蓋，兩個人一起抬走棺材。

亞蒙還是不動，定定的看著已經空了的墳坑，臉上正像那屍骨一樣白，又像石頭般僵硬。

我知道當最慘的景象離開之後，他的痛苦應當就會減輕許多，於是我不再攙扶他，我走近警官，問他：

「現在不需要那位先生在場了吧？」我指的是亞蒙。

「不必了。」他說：「我勸你還是把他帶走吧，他好像生病了。」

「來呀！」我招呼亞蒙，拉著他的手臂。

「怎麼了？」

「已經結束了，你現在可以走了，朋友，你臉色發白，身上發冷，這麼激動的場面，會毀了你自己的！」

「好吧，我們走吧！」他機械式的回答我，可還是定站著不動。

我只好拉抓住他的手臂，拉他走。他像個孩子似的任人擺布。

他的腳步不能規則的走，牙齒打顫，雙手發冷，全身遭遇激烈的擾動。

我跟他說話，他也不答，只是跟著我走。

我們在門口找到一輛車子，才坐定下來，他顫抖得更加厲害了，但他固然是怕我擔憂，所以又握著我的手低聲的說：「沒事，沒事！我只是想大哭一場！」

他的胸口急促的跳動，血液往眼裡湧流，血絲滿布，只是流不出淚來。等到了他的住所時，他還是顫抖著。

我和他的僕人照顧他躺下休息，然後點起爐火，我又跑去找醫生。

醫生來了，只見亞蒙臉色發紫，昏了過去，語無倫次的囈語中只有「瑪格麗特」這四個字還聽得清楚。

「他得的是腦膜炎，只要不變成精神病，就算是好事，也許一個月以後就會好轉。」

Ⅶ、故事的肇始：初遇

半個月以後，亞蒙的身體康復了。因為之前的一些事，我們成了好朋友，在他這段生病期間，我幾乎沒有離開過他的房間。

春天已經來了，百花齊放，雀鳥啁啾，病房的窗戶正對花園，園裡的清新彷彿就在他的床邊。

醫生允許他起床，我們時常在午后最暖的時刻靠著窗邊閒聊。

我不敢向他提起任何關於瑪格麗特的事，深怕他只是表面上平靜了，心底還是傷心。誰知亞蒙的反應與我預料的情況正好相反，他喜歡談到她，他不再像從前那樣一提起她的名字就淚流滿面，他現在總是帶著微笑。

以我的判斷，自從上次看過墓園之後，他澈底相信往事已無可挽回，這倒使他得了安慰。他盡量在忘記一切不愉快的陰影，只回憶與瑪格麗特在一起時的歡樂時光。

他一直隱瞞自己的病情，沒告訴他的家人，所以，一直到他病好了，他家人還不知道他生了這麼一場重病。

有一天晚上，我們兩人坐在窗邊，天氣非常晴朗，太陽在閃耀著金黃淡藍的黃昏裡漸漸落下。雖然我們身在巴黎，但周圍的翠綠彷彿使我們與世界隔絕，只是偶爾有車聲的經過，稍稍打擾了我們的談話。

「差不多就在這樣的季節，就像今天這樣美好的夜晚，我認識了瑪格麗特。」

我一句話也沒說。

他轉過身來繼續對我說：

「我遲早要把這個故事告訴你的，也許你可以寫成一本書，不管別人相不相信，總是一個感人的故事吧！」

「等你身體完全復原後再告訴我吧。」

「我已經好多了，趁著今天晚上有這麼一段空閒時間，讓我慢慢講給你聽吧。」

「既然你想要講，那我就洗耳恭聽了。」

以下就是亞蒙對我說的故事，我幾乎一字不易的把它記下來。

是的，就像是這樣一個夜晚，我和我一個朋友加斯在鄉村玩了一天，晚上我們一起回到巴黎，一時覺得不知道該做些什麼好，就決定到哀德劇院去看戲。

中場休息時間，我們在戲場外閒聊，看見迴廊那邊有一位身材高䠷的女子，我的朋友和她打了招呼。

「她是誰啊？」

「瑪格麗特小姐。」朋友答道：「她變了許多，我幾乎認不出她來了，據說她病了，唉！這可憐的女子可能活不了多久。」

不知道為什麼，大約在兩年之前，我每次遇到她，我的心就撲通撲通的跳，直覺我會愛上她似的。

那次在戲院見過她以後，我再次看見她是在一家商店前面。有一輛輕便的敞篷車停在那裡，一位一身素淨的女子從車裡走了出來，進了店鋪，大家起了一陣低聲的讚嘆。我站在外面，看著她走進店鋪，隔著玻璃看她買東西，一直到她走出店鋪。我原想進去，但又不敢，覺得自己那樣做太冒昧。

我還記得她一身雅緻的打扮，羅衫下面襯著輕紗，肩上一方印度的披巾，巾上繡著金縷綢花，頭上戴著一頂義大利草帽，腕上有一雙手鐲，胸前還有一串入時的金項鍊。

她買了東西之後便走出商店，上了她的敞篷車離去。

我隨即走進鋪子，向店員探聽她的名字。

「那是瑪格麗特小姐。」

為了不引起別人的注意，我不再向他打聽住址，就離開了。

這一次偶遇一直讓我難以忘懷，從此便到處尋找這皇后般美麗的白衣女子。

幾天以後，奧伯哈戲院有一齣名劇上演，我也去了。進去的第一眼就看見臺前包廂裡坐的正是瑪格麗特小姐。

和我同去的朋友也認識她，指著她對我說：

「你看，就是那位漂亮的小姐。」

就在這時，瑪格麗特拿起她的望遠鏡朝我們這邊望，看見我同伴，對他笑了笑，並做手勢要他過去。

「我去向她問聲好。」他對我說：「一會兒就回來。」

我不禁羨慕地說：「你真有福氣啊！」

「什麼福氣啊？」

「去看她的福氣啊！」

「難道你愛上了她？」

「沒有的事，」我的臉立刻紅了，不知道該說什麼才好：「我只不過想認識認識她就是了。」

「那你和我一道過來，我幫你介紹。」

「那你得先去問問她再說。」

「哎呀！天啊！跟她不必拘束，來吧！」

他的話讓我覺得難堪，我有點擔心也許會發現瑪格麗特根本就不值得我愛。

曾經有一部卡爾所寫的小說《煙霧》，裡面寫著有一個人，在某個晚上跟蹤一位漂亮的姑娘。他對她一見鍾情，多麼渴望能夠贏得美人芳心。誰知道他正幻想著如何將那女子弄到手的時候，那位姑娘竟在街角攔住他，問他是否願意到她家裡去坐坐。

那個人聽了，立刻掉過頭去，頹喪的回到自己的家裡。

我想起這個故事，深怕瑪格麗特也像那女子一樣太容易就接納我，太容易就給我愛情；男人就是有這種怪脾氣，非得要經過漫長的等待，遭遇重大的犧牲才覺得那樣的愛情有詩意，有夢想的餘地。

我想，如果有人對我說：你今天晚上就可以把這個女子弄到手，但是你明天就會被人殺死，我想我是願意的；但如果有人對我說：你只要給她兩百法郎，她就可以做你的情人，我就無法接受這種有價愛情。

可是，無論如何，我還是願意認識她的，究竟，這是了解她的第一步啊。

於是我要求同伴一定要先去徵得她的同意。她走了以後，我就在甬道間隨意踱著步子，心裡想像著她正向我走來，我又該如何面對她，該說些什麼話。

愛情真是一種奇妙的東西！是不？

不一會兒，我的同伴下來了，說：「她正在等我們呢！」

「只有她一個人嗎？」

「還有一位小姐。」

「沒有別的男人在場吧？」

「沒有。」

「那我們走吧。」

我的同伴卻往戲院出口的方向走。

「不是往那裡啊！」

「我們先去買糖果，她囑咐我的。」

我們走進一家糖果店裡，我簡直想把整家店鋪都買了去。

「一斤蜜餞葡萄。」我聽見我的同伴說。

「你知道她愛吃這個東西？」

「大家都知道，她從來不吃別的糖果。」

「呀！」走出糖果店，他繼續說：「你知道我要介紹給你的是怎麼樣的一個女子嗎？你不要想像這是一位高貴的公爵夫人，我直接了當地跟你講，她是個妓女，一個不折不扣的妓女。所以，我的好朋友，你不必跟她拘束什麼，想到什麼就說什麼。」

「好吧，好吧。」我吞吞吐吐的說，一面跟著他走。

我一走進包廂，就聽見瑪格麗特哈哈大笑的聲音。

唉！我寧願看見她帶著愁容的安靜。

我的朋友替我介紹，她隨即向我點頭示意，然後再問我的朋友說：

「我的糖果呢？」

她拿糖果的時候，眼睛看著我，我不由低下頭來漲紅了臉。她靠近她的同伴，低聲的不知說了什麼，然後兩個人又開始縱聲大笑。

她們大笑的原因一定是因為我，此刻我覺得更加困窘。

瑪格麗特吃著她的葡萄，不再理我。我的朋友也覺得有些難堪，便說：

「瑪格麗特，妳可不要見怪，亞蒙先生沒和妳說什麼話，那是因為妳糗得他不知如何是好了。」

「我看這位先生是被你硬拉進來的，因為你不喜歡一個人，對不對？」

「如果真是那樣。」我說：「那我也不必請我的同伴特別來求妳允准我來這裡了。」

「這只不過是為了拖延時間罷了！」

只要稍微與瑪格麗特這樣性格女子交往過的人都會知道，她們與陌生人第一次見面，通常都喜歡耍點小聰明，這當然是對人的一種習慣性報復。

「如果妳真的這麼想，小姐，那只有請妳原諒我的魯莽，現在我必須向妳告辭，而且，請妳相信我，我以後再也不會來打擾妳了。」

說完之後，我行了個禮，就走出來了。

我剛剛關上包廂的門，又聽到她們第三次的大笑，這時我只覺心灰意冷，渴望有人來攙扶我。

我回到我的座位，臺上好戲就要上演。不久，我的同伴也回來了。

「你怎麼搞的？」他坐下對我說：「她們以為你腦筋有問題！」

「我走了以後，瑪格麗特說了什麼嗎？」

「她笑了，她說她從來沒見過像你這麼好笑的人。喂，朋友，你可不要因為這樣就打退堂鼓了，記住，對付這種女子，你根本不需要認真，不需要尊重，她們也不懂得什麼叫做大方、禮節、就像有些狗，你拿香料給她，她們不但不識貨，還照樣往臭水溝裡滾！」

「這些和我都沒有關係了。」我勉強裝出無所謂的樣子：「我永遠也不會再看到她，即使我以前欣賞過她，現在也完全變了。」

「哈，我跟你打賭，總有一天，我會看到你坐在她的包廂裡，聽到你因為她而自毀前途的消息。不過你說得也沒錯，她是沒受過什麼教育，只是她會是一個很好的情婦喔！」

這時臺上已經開演了，我的同伴才止住話題不談。那天，臺上演些什麼，我完全不知道，我只是不斷的抬頭注意瑪格麗特的包廂，還看到一些新的客人在她那裡穿梭來回。

我發現我根本沒有辦法不想她。漸漸的，我心裡有了另一種想法，我覺得我應該忘記她曾給我的難堪，重新再來，我心裡盤算著，就算是將我的家產花光，我也要把她弄來，堂堂正正的和她在一起。

臺上結束以後，瑪格麗特和她的同伴離開了她們的包廂，我也起身要離開位子。

「你要走了嗎？」同伴問我。

「對。」

「為什麼？」這時他看見瑪格麗特的包廂已經空了，就說：「去吧，碰碰運氣，說不定你會有好運！」

我便走了出來。

在戲院的出口處，我聽見上有人說話的聲音，連忙躲起來，不想讓他們發現。我看見瑪格麗特和她的同伴走過，另外還有兩個男人。

這時，一個僕人走來。

「去告訴車夫，先到英國咖啡館前面等著。」瑪格麗特說：「我們走路過去。」

幾分鐘以後，我還在大街上無聊的踱步。不久便看見瑪格麗特在咖啡館裡坐下，靠著窗邊的欄杆，一片一片的摘去她手裡的茶花瓣。

兩個男人中的一位則斜倚著她的肩，和她低聲談話。

我也走進對面的咖啡館，視線仍然停留在瑪格麗特座位的窗邊。

差不多半夜一點，瑪格麗特和她的三個朋友一起坐上她的車子離去，我也坐上一輛小馬車，尾隨在後，直到她的車子在昂丹路九號的門前停住，瑪格麗特下了車，獨自一個人回家。

這次跟蹤的收獲使我知道她的住址，從這天起，我就常遇見瑪格麗特，在遊樂場裡，在樹林裡，她總是那麼愉快，總是那樣的令我心動。

但是，又過了一陣子，我突然發現，不論在什麼地方都見不到她的身影，我便去問加斯。

「那個可憐的姑娘正病得厲害呢！」他回答我。

「是什麼病啊？」

「她本來就有肺癆，加上她那種生活也不容許她調養什麼的，現在正躺在床上，就快死了！」

聽了這個消息，我竟高興起來，從此我每天都到她家去打聽她的病情，但我不留下名片，也不說我的名字，就這樣天天去探望她。

後來我知道她病好了些，且得知她動身到巴涅爾去了。

時間一天天過去，關於瑪格麗特的印象也漸漸從我腦海裡消失了，工作、生活，還有新的愛情故事，代替了原來的念頭。

直到我在哀德戲院再次與她擦身而過，我幾乎認不出她來。但即使是這樣，我一旦知道是她，我的心仍然禁不住砰砰的跳動。兩年的離別，一切的淡忘，在與她擦肩而過重逢的那一刻，都如輕煙消散。

Ⅷ、第二次見面

這一次戲院久別之後的偶遇，讓我急於想再見她一面。

我回到我的座位上，連忙尋找她的包廂。

我見她坐在樓下臺前的包廂裡，孤單的一個人，模樣變了許多，脣邊再也找不著那漠然的微笑，顯然是受了病痛的不少折磨。那時雖然是四月，但她還是穿著厚厚的衣裳，全身都是絲絨。

我盯著她看，引起她的注意，她往我這邊看了一會兒，又拿起望遠鏡仔細的朝我這裡瞧，似乎覺得我很面熟，卻又想不起我是誰。最後，她放下了望遠鏡，一抹笑意從脣上掠過，似乎在和我打招呼。但是我沒有任何回應，故意給她一個軟釘子碰碰，裝出一副已經忘記她的樣子。

於是她以為自己認錯了人，便掉過頭去。臺上的戲開始了，只見她心不在焉的看著四周。我曾多次在戲院裡遇見她，但我發覺她從未留心臺上在演些什麼。

我呢，當然也不關心臺上演些什麼，我只關心她，但我卻用盡方法不讓她發覺我在注意她，或許這就是情人的矛盾心態吧！

不久，我看見她向對面包廂裡的一個人打招呼。我留心看那間包廂，裡面坐的是一個我認識的女人。她從前也是一個風月場所中的女子，後來打算進戲班子，但沒有成功，只有靠她認識的一些巴黎時髦女子的人際關係，開了一家女子時裝店。

我靈機一動，立刻想到可以經由她找到和瑪格麗特見面的機會，我心裡盤算著這事，她的目光正好朝我這邊看來，我馬上逮住機會向她打個招呼。

事情果然如我所預料的那樣，她也向我回了禮，並要我到她的包廂那裡去坐一會兒。

那位女子名叫敦絲，是一個四十來歲的胖女人，向她們這種人探聽點什麼事是完全不需要交際手腕的，尤其是我所想知道的那種事情。

到了她的包廂，與她寒暄幾句之後，我見她又向瑪格麗特打招呼，便乘機問她：「妳跟誰打招呼呀？」

「瑪格麗特呀。」

「妳認識她嗎？」

「當然認識！她是我店裡的老主顧，也是我的鄰居啊。」

「那麼你也住在昂丹路囉？」

「昂丹路七號。正對著她梳妝間的那個窗戶。」

「聽說她是一個迷人的女子喔！」

「你不認識她嗎？」

「不認識，但是我很想認識她。」

「我請她到我的包廂裡來好不好？」

「不，我想還是由妳來介紹比較好吧。」

「到她家裡去？」

「是呀。」

「這可有些困難。」

「為什麼呢？」

「因為她有一個嫉妒心很重的老公爵個保護她呢。」

「保護！這倒是一件有趣的事啊！」

「是的，是保護！」敦絲說：「可憐的老頭兒，要她做他的情人實在是難為她了。」

接著敦絲就告訴我，瑪格麗特在巴涅爾市養病時，是如何認識老公爵的故事。

「這就是為什麼她今天只有自己一個人到這裡來看戲，那個老公爵是不會讓任何人接近她的啊。」

「但是待會兒誰陪她回去呢？」

「老公爵呀。」

「那妳呢？誰陪妳回去？」

「沒有人呀。」

「那我自告奮勇。」

「可是，你不是還有一個朋友和你一起來嗎？」

「那我和他一起陪妳好了。」

「我又不認識你的朋友，他是什麼人哪？」

「他是一個很有趣的傢伙，妳一定很高興能認識他的。」

「好呀，就這麼辦，等看完這齣戲，我們就走。」

「太好了，我馬上去通知我的朋友。」

「去吧。」

「喂！」我正要走的時候，敦絲又叫了我一聲，說：「你看，那個老公爵正走進瑪格麗特的包廂呢！」

我回頭仔細的看著。那是一位七十多歲的老先生，坐在她後面，遞了一袋糖果給她，她微笑的從袋子裡拿了塊糖吃，然後拿著那袋糖對著敦絲做了一個手勢，彷彿是說：「你要不要也來一點？」

「不要。」敦絲微笑的示意。

瑪格麗特拿回糖袋，轉過頭去，和公爵談話。

許多細節現在說起來實在是很幼稚。但是所有關於瑪格麗特的事情，在我的記憶裡卻是那麼鮮明。

我回到我的座位，告訴加斯這一初的安排。他點頭接受。

於是我們離開了池座，回到敦絲的包廂。

一打開包廂後面的門，我們冷不防的被壓擠在一邊，因為瑪格麗特和公爵剛好走出來。這時候的我，真巴不得減少十年的壽命，和那個老頭的位置交換片刻。

走上大街之後，他請她坐上了一輛輕快的馬車，然後他親自趕著兩匹漂亮的馬，得意的離去。

我們走進敦絲的包廂。等戲散了以後，出來叫了一輛車子，駛往昂丹路七號。車子正停在門口，敦絲邀請我們先去參觀她的店鋪。我毫不考慮立刻說好。我不知道為什麼會有那樣的反應，想是只要和瑪格麗特接近的事我都願意去做吧。

「那個老公爵現在就在瑪格麗特她家裡？」我問敦絲。

「沒有，她很有可能只有自己一個人在家。」

「她不是最怕孤獨嗎？難道她要一個人度過可怕、漫長的黑夜？」加斯說。

「幾乎每天晚上我們兩個人都會在一起，有時候她從外面回來，就會邀我過去。她那個人啊，不超過凌晨兩點，是不上床睡覺的，太早上床她也睡不著。」

「為什麼呢？」

「因為她有肺病，而且常常發燒。」

「她沒有情人嗎？」我問。

「通常我走的時候，不會看見有人在那裡，不過我可不敢講我走了以後，是不是還有人來。有幾個晚上，我會在那裡碰到N伯爵，他總是在晚上十一點多的時候來看她，瑪格麗特跟他要多少珠寶，他都給她；可是，她對他可是厭惡透頂。

「據說那個N伯爵非常有錢，有時候我也會勸她幾句：『我的好孩子，那個人和妳挺配的！』

「她平常還算是願意聽我的話，不過一聽到這句話，她就會轉過身去，咒罵說：『他太蠢了！』

「可是，就算他是蠢吧，但是對她而言，他總算也是有頭有臉的情人人選，不像那個老頭子，那天兩腿一伸，翹了辮子，什麼也沒了！老人哪，都是自私的！老頭子的家人老是罵他，不該對瑪格麗特那麼好，你等著瞧，等老頭子死了，他家人什麼也不會分給她的。

「我苦口婆心的一直勸她、一直勸她，她就是不聽，她總是回答我說，等老公爵死了之後，她自有打算。

「她有那種想法也不是沒有原因的。」敦絲繼續說：「我只是覺得要換做我啊，我早就叫那個老頭子滾蛋了。那個老傢伙真的很無聊，他叫她『女兒』，把她當作孩子看待，老是跟著她，管她跟管什麼一樣。我跟你們打賭，你們現在往外看，大街上一定有老頭子的僕人來來回回的巡邏、監視著，探查監視著有什麼人從她屋子出來、有什麼人進去。你們說這無聊不無聊？

「哎呀！可憐的瑪格麗特！」加斯說著，他正坐在鋼琴前面，彈奏著圓舞曲：「我對這種事沒什麼概念，我只是覺得她最近看起來不像以前那麼開心。」

「噓，別作聲！」敦絲一面說著，一面側耳聽著窗外的聲息。加斯連忙停止他的琴聲。

「她在叫我。」

我們也仔細聽了一會兒。果然有一個聲音在叫「敦絲」。

「走呀，先生們，一起走吧。」敦絲對我們說。

「哈哈！這就是妳剛說的招待啊！」加斯笑著說。

我們又聽到瑪格麗特叫敦絲的聲音了。敦絲走進她的梳妝間，我和加斯也跟了進去。她打開窗戶。我們兩個人先躲在她背後，不讓外面的人看見我們。

「我叫了妳十分鐘了。」瑪格麗特站在她的窗口不耐煩的說。

「找我做什麼？」

「我要妳立刻過來一下。」

「為什麼？」

「因為N伯爵還在我這裡，我煩死了！」

「可是我現在不能過去。」

「有誰在妳那裡？？」

「我這裡來了兩個年輕人，他們不肯走啊！」

「告訴他們說妳有事要出來。」

「我已經告訴他們了。」

「那就讓他們待在你那裡好了，他們看妳沒回去，自然就會走人的。」

「那可不行，他們會把我所有的東西都弄得亂七八糟的！」

「唉喲！他們來做什麼的呀？」

「他們是想來看看妳啊。」

「這兩個人叫什麼名字？」

「有一個是妳認識的，就是加斯先生。」

「啊！是啊！我認識他。另外一位呢？」

「另外一位是亞蒙．杜瓦先生，你不認識他吧？」

「不認識。我看啊！你還是把他們全都帶過來，唉！反正除了伯爵以外，誰都可以來！我等妳呀，快點來！」

說完，瑪格麗特關上她的窗戶，敦絲回到房間裡來了。

我知道瑪格麗特剛剛在戲院的時候，還記得我的面貌，只是她不記得我的名字。啊，我寧願她記得我對她的無禮，也不願意她把我忘記。

「我早就知道她會很高興見我們的。」加斯說。

「高興這兩個字用得不大對。」敦絲回答說：「她接待你們，是為了趕走伯爵。所以，你們可要表現得比伯爵還要和藹可親才行，不然，瑪格麗特可是會找我麻煩的。」

我們跟著敦絲一塊兒下樓。我全身不由得顫抖起來，我的直覺告訴我，這一次的拜訪將會改變我的一生。我興奮的心情遠遠超過上次在奧伯哈戲院包廂裡，與瑪格麗特初次見面的感受。

我們走到大門口時，我的心拚命的跳，跳得我不知所措。

這時，幾聲鋼琴的樂音，傳進我們耳裡。敦絲伸手按了門鈴。鋼琴的聲音突然停住了。然後有一個女來應門帶我們進去。

我們走進客廳，然後轉進起居室，就在起居室裡，一名青年倚著壁爐站立著。瑪格麗特則坐在鋼琴前面，放任她的手在琴鍵上撫弄，彈著片段的曲子。那一幕景像是可以用「煩悶」兩個字來形容。對那個青年而言，是無人理會的困窘；對瑪格麗特來說，是厭惡到了極點的鬱悶。

所以瑪格麗特一聽到敦絲的聲音，就立刻站起來，向敦絲使了一個感激的眼神以後，一邊朝我們走來說，說：

「請進，先生們，歡迎你們。」

IX、狂歡的日子

「晚安，我親愛的加斯。」瑪格麗特對我的同伴說：「我很高興再見到你呢。在哀德戲院，為什麼不到我的包廂裡來坐坐呢？」

「我怕太冒失呢。」

「朋友們，」瑪格麗特說這幾個字的時候，故意把尾音拖得很長，好像要暗示原來在場的人盡快離去。我知道雖然她對加斯這麼親密，然而事實上加斯對她而言，從以前到現在只是一個普通朋友而已。她的那句話說得對：「朋友永遠都是受歡迎的。」

「容我向妳介紹，這位是亞蒙・杜瓦先生。」加斯說。

「你好。」瑪格麗特說。

「是的，小姐。」這時候我終於開口了，一邊深深的鞠躬，好不容易吐出幾個勉強聽得見的字：「不知道妳記得不記得，我和妳曾經見過一次面。」

瑪格麗特明亮的眼睛彷彿在記憶裡搜尋我的提問，但是她記不起來，也或者是假裝想不起來。

「小姐，」我又說：「很高興妳已經忘了我第一次向妳自我介紹的情形，我那時候非常可笑，說不定也讓妳覺得討厭呢。那是兩年前的事了，在奧伯哈戲院裡。」

「啊！我想起來了！」瑪格麗特微笑的說：「不是你可笑，是我太淘氣，不過，就算是現在，我也還是很淘氣，只是比以前好多了。你願意原諒我嗎？先生。」

說完，她向我伸出手來，讓我親吻。

「我說的是真心話呢。」她又說：「那時候的我，有一個壞毛病，對第一次見面的人，總是喜歡給他們一點顏色瞧瞧。現在想來，覺得自己真是小孩子氣。

「我的醫生說這是因為我有神經質，並且時常生病的緣故，所以，如有得罪之處，請你包涵。」

「但是你現在看起來很健康啊。」加斯在一旁插嘴道。

「不，我才生過一場大病。」

「這個我知道。」我笑著回答。

「你怎麼會知道？」

「大家都知道啊，那時我常來探問妳的病情，後來很高興知道妳的病終於好了。」

「你就是那個天天來關心我的人？但是一直沒有人把你的名片交給我啊。」瑪格麗特問。

「我沒有留下名片。」

「難道那個年輕人就是你嗎？我生病的那段期間，他每天都來打聽我的消息，並且從來不願意留下名字，真的是你嗎？」

「就是我。」

「這樣說起來，你不僅是個寬宏大量的人，還這麼關心我。伯爵，你就是做不到這種浪漫的事。」她對我使了一個眼色，掉過頭去瞪著伯爵說。那種眼色是女子們專門用來表明她們好惡的眼神。

「我、我兩個月前才認識妳的啊！」伯爵答辯道。

「那麼，這位先生，他是在五分鐘前才認識我呢。」

女人對於她們不喜歡的人，總是這麼不留情面，伯爵紅著臉，一時也不知如何是好。

我很可憐他，看他好像和我一樣鍾情於瑪格麗特，只是瑪格麗特對他卻這麼不客氣，實在令他很難堪，尤其是當著兩個陌生人的面。

「剛才我們進來的時候，聽見妳在彈鋼琴啊？」我插了嘴，想換換話題，解除尷尬的氣氛：「妳就當我們是老朋友，繼續往下彈吧。」

「啊！」她說，一邊在沙發椅上坐下，做個手勢，叫我們也坐下來。

「加斯很清楚我彈的是哪一首曲子。那是只有當我和伯爵獨處時才有的感覺。我可不願意讓你們受那種罪。」

「喔，原來妳對我還有這一點特別啊？」N伯爵勉強表現出優雅的樣子，帶著諷刺的語調向瑪格麗特發動一次反擊。

「你少管我，這是我的自由。」只消一句話便讓那個可憐的伯爵張口結舌了。他看著瑪格麗特，那簡直是一種哀求的眼光。

「喔，對了，敦絲。」她說：「我託妳辦的事已經辦好了嗎？」

「辦好了。」

「好吧，那等一會兒妳再告訴我好了。」

「我們今天來，實在是覺得很冒昧。」我說：「尤其是我，這是第二次與妳見面。那麼，我和加斯先離開好了。」

「不，你們別誤會，我並不是說你們，事實上正好相反，我希望你們留下來呢。」

這時，伯爵掏出一只闊氣的懷錶來看時間，說：

「喔！我該到俱樂部去了！」

他說完，瑪格麗特一句話也不回答。伯爵於是離開了壁爐，走向她說：「再見了，小姐。」

瑪格麗特站起來，答道：「再見，親愛的伯爵，你真的要走了嗎？」

「是的，我怕打擾妳。」

「其實，你給我帶來的打擾，每天都是一樣的！什麼時候再來呢？」

「妳願意我來的時候，我就來。」

「那麼，再見了。」

你不得不承認，她對伯爵真是絕情啊！幸虧伯爵是受過良好教育的紳士，脾氣又好，才能容忍瑪格麗特這樣的對待。

伯爵走的時候，瑪格麗特慵懶的向他伸出手，他親吻了一下，然後向我們行個禮才離開。

當他走到門口時，他回頭看了看敦絲。然後聳聳肩膀，好像在說：

「你叫我怎麼辦？我能做的我都做了。」

「娜寧！」瑪格麗特叫她的女傭：「送伯爵先生。」

之後我們聽到樓下開門又關門的聲音。

瑪格麗特像是鬆了一口氣似的說：「他終於走了！這個人真討厭！」

「我的好孩子，」敦絲說：「妳對他太狠了，他對妳這麼好、這麼體貼，妳看看壁爐上的這只錶，一定是他送妳的，我跟妳打賭，這至少要花掉五千法郎啊！」

敦絲說著，已經走近壁爐，帶著羨慕的眼神把玩著壁爐上的錶。

「親愛的，」瑪格麗特在鋼琴前坐下來說：「他是給我很多東西，可是我並不喜歡他啊！」

「我看得出來，那個可憐的男人真的愛上妳了。」

「可是如果要我去想對所有愛上我的人，那我簡直連吃飯的時間都沒有了啊！」

她的手指放在琴鍵上來回滑溜著，彈了一陣，然後轉過頭來向我們說：

「你們要不要吃一點什麼？我倒是想喝一點水果酒。」

敦絲說：「我們一起吃消夜好了。」

「好啊，我們一起出去吃消夜好了。」加斯也說。

「不必出去，我們就在這裡吃吧。」瑪格麗特按了僕人鈴，娜寧聞聲進來。

「預備消夜。」

「要預備些什麼呢？」

「隨便，只要快，馬上拿來。」

娜寧走了出去。

「對了，」瑪格麗特說著，蹦蹦跳跳的，就像是個天真的小女孩：「我們高高興興的吃消夜，忘掉那個討人厭的伯爵吧！」

那時，我看著她，越看越著迷。她的美令人銷魂。她的身段那麼苗條，有著一種魅力教人擋也擋不住，我整個人迷失在幻想她的世界裡。

那時我心裡想什麼，很難用言語形容。對她的生活，我充滿了憐憫，對她的美麗，我充滿讚賞。

她身上自然流露著一種天真的美。她的生活雖然墮落，但是我看得出來，至少她還保留著她純潔的那一面。她的一舉一動、一顰一笑，柔和的線條，紅潤的臉蛋，碧藍而明亮的雙眸，散發出一種特別的氣質，那種氣質揮灑著一種香氣，正像是東方的香水瓶那樣，不管你封得多麼緊密，那股特別的香氣就是會無聲無息的四處發散著。

不知道是天生氣質，還是因為生病的關係，這個女子的眼裡，總是閃爍著渴望的光芒，那對於她的愛人而言，實在是一大吸引。以至於愛過瑪格勵特的人呢，當然是難以忘懷的。

總之，從這個女子的身上，你可以看見一個淪落妓女賣笑的神情，也可以看見一個純潔的處女。

「原來，」她突然轉過身，對著我說：「我生病的時候，天天打聽消息的人就是你啊？」

「是的。」

「你知道嗎？你那樣做真教我感動，我該怎麼謝你呢？」

「只要妳容許我常常來看妳就行了。」

「只要你高興，隨時都可以來，下午五點到六點，十一點到半夜都可以。喂，加斯，請你彈一首『請跳一首圓舞曲』好嗎？」

「為什麼？」

「第一，我喜歡那首曲子，第二呢，那首曲子我老是彈不好。」

「到底是那一段不好彈呢？」

「第三段，變高半音調的那一節。」

加斯站起來，坐到鋼琴前面，開始彈奏韋伯爾寫的那首曲子。

瑪格麗特一手扶在琴上，注視著琴譜，目光隨著一個個音符移動，口裡低聲唱和著。直加斯彈到她說的那一節時，她便放聲唱出來，手指一面放在琴鍵上彈。

「re, mi, re, do, re, fa, mi, re，就是這裡，我老是彈不好，你再彈一遍。」

加斯重彈一遍，彈完後瑪格麗特對他說：

「現在讓我來試試看。」

她坐下來彈。她那不聽話的指頭，不小心又在一個音符上彈錯了。

「這是怎麼一回事嘛？」她說話的聲調就像一個小孩：「每到這一節，我老是彈不好！你信不信我有的時候，就為了這一節，一直彈到夜裡兩點鐘！這讓我想起那個討厭的伯爵，他竟然不用看譜就能夠彈得完美無缺，我相信我就是因為這一點對他深惡痛絕！」

她重新再彈過一遍，還是同樣的結果。

「真是見鬼了，什麼韋伯爾！什麼譜子！什麼鋼琴嘛！」

她拿起譜子往房門一扔：「怎麼我老是彈對好這個連續的八個短音呢？」她罵著，交叉雙臂望著我們，一邊又生氣又跺腳，臉色泛紅，一陣輕微的咳嗽，使她微微張開了兩唇，喘著氣。

「妳看妳，」敦絲說：「妳又在那裡生氣了，這對身體健康有害啊！來，我們吃消夜去，管他彈得好彈不好，我現在都快要餓死了！」

瑪格麗特又按了一次鈴催促僕人，然後再次坐到鋼琴前，開始低唱一支淫穢歌曲，這回她竟毫無困難的就能彈出琴聲。加斯也會唱那首曲子，於是兩個人便唱和起來。

「別唱這種骯髒的曲子，好不好？」我帶著懇求的口氣，對瑪格麗特說。

「啊！你可真高尚啊！」她笑著說。

「這不是為了我，是為了妳啊。」

這時，娜寧來了。

「消夜預備好了沒有？」瑪格麗特問。

「快好了，小姐，一會兒就好了。」

「來吧，」敦絲對我說：「你還沒有好好的看過這棟房子。來，我帶你參觀一下。」

當然，就是你所知道的，房子裡每一處都是非常豪華。

瑪格麗特陪我們走了一段，後來她招呼加斯，和她一起到餐廳去看消夜預備好了沒有。

「嘿，」敦絲高聲說，眼睛注視著一個古董陳列架，隨手取出一個薩格斯雕像來：「我不知道妳有這麼一個小寶貝呢！」

「哪一個？」

「手裡拿著一只鳥籠的牧羊人。」

「妳拿去好了，如果妳喜歡。」

「啊！我可不想妳的東西。」

「這本來是打算給我老媽子的，但是我覺得它醜得可怕；既然妳喜歡，拿去好了。」

敦絲其實只是參觀，至於那些飾物，她倒不關心。她把雕像放在一邊，帶著我走進梳妝間裡，指著壁上懸掛的兩尊雕像告訴我說：

「這是G伯爵，他曾經迷戀過瑪格麗特；就是他幫她贖身的。你認識他嗎？」

「我不認識。還有這座雕像呢？」我指著另一個問道。

「這是L子爵，他是被逼走的。」

「為什麼？」

「因為他幾乎為了她而毀了自己。這又是另一個愛瑪格麗特的可憐人！」

「她一定也很愛他吧！」

「她真是一個奇怪的姑娘，沒有人知道她心裡愛的到底是什麼。L子爵走的那一天晚上，她照常在戲院裡看戲。

「可是他向她道別的時候，她卻哭了一場。」

正聊著，娜寧來了，說消夜已經預備妥當。

我們走進餐廳時，瑪格麗特靠著牆壁，加斯牽著她的手，低聲向她說話。

「你瘋了你？」瑪格麗特說：「你很清楚的，我根本不需要你。愛上像我這樣的女人對你是沒有好處的。好了，各位先生坐吧。」

瑪格麗特抽回她的手，讓加斯坐在她的右邊，我坐在她的左邊，然後向娜寧說：

「妳去關照門房一聲，就說不管任何人來，都不准開門。」

這時候已經是凌晨一點鐘了。

用餐時大家談著笑著，有些話題是有趣的，有些則是不堪入耳。大家有時鼓掌、有時狂笑，有幾個片段，我試著去忘記自己的想法，勉強和大家一起縱情享樂，但是我不得不承認自己的確和眼前的喧鬧格格不入，我的酒杯始終是滿滿的，眼看著這二十多歲的美麗女子，喝起酒來，竟像是低俗的販夫走卒，越是不堪入耳的笑話，她笑得越大聲。這使我對她更添一分憐憫。

但酒精的刺激使她嚴重的咳起來。

她整張臉漲紅著，胸口就要裂開似的。可憐的女人，她幾次痛得閉上眼睛，有時又拿起餐巾來擦自己的嘴唇，巾上染著血色。

看著她這樣虛弱的身子，卻夜夜放縱自己，如此的折磨，真為她心疼。

後來，我擔心的事情終究發生了，在一陣劇烈的咳嗽，突然間，她站起來，跑向梳妝間。

「瑪格麗特怎麼了？」加斯問。

「她是笑太多了，笑得吐出血來了。」敦絲說：「啊！沒什麼事的，她每天都這樣，她一會兒就來。別管她，她喜歡這樣。」

我呢，我坐不住了，也不管他們驚愕的眼神，我跟著瑪格麗特出去了。

X、真摯的淚水

她走進一個房間，桌上只有一枝蠟燭映照著。她躺在一張大沙發上，外衫已經解開了，一手按住心口，另一隻手搭在身旁，桌上放著一只銀盆，盆裡有水，水色如石紋似的襯著幾縷血絲。

瑪格麗特臉色慘白，嘴半張著，努力的想恢復正常呼吸。她的胸部因為必須用力的呼吸而鼓脹起來。

她倒抽了一口氣，似乎覺得稍微輕鬆一點。

我走向她，她卻一點也沒有驚動的樣子。我在她的身邊坐了下來，握著她放在沙發椅上的手。

「啊，是你呀！」她微笑的向我說。我想我當時的臉色大概很慌張，因為她又問：「難道你也病了嗎？」

「沒有，妳、妳還覺得難過嗎？」

「一點點。」她用手帕擦去因為咳嗽流出來的眼淚：「現在我已經習慣這個毛病了。」

「妳會毀了妳自己，小姐。」我很激動地說：「我多麼希望能夠做妳的朋友、當妳的親人，好勸妳不要再這樣傷害自己。」

「呀！這不值得你擔心的。」她回答時音調高還含著痛苦：「你看看現在還有多少人關心我，大家都很明白這個病是沒法子根治的。」

說完後，她站起來，拿起蠟燭放在壁爐上，對著鏡子看自己。

「我的臉多麼蒼白啊！」說著，她一邊將外衫扣起，舉起手來整理自己散亂了的頭髮。

「哎呀！管他的！我們回到餐桌上吧。走！」

我坐著，一動也不動。

她知道我被眼前這一幕深深的打動了，因此走近我身邊，向我伸出手來說：「來呀。」

我握住她的手，靠近我的唇邊，而忍了很久的兩行淚水，禁不住流了下來。

「怎麼了？真像個小孩子！」她又坐了下來，靠著我。

「你哭了！怎麼了？」

「妳一定覺得我很幼稚，可是我剛才看見妳那樣，我心裡非常難過。」

「你的心真好！只是這有什麼辦法？我夜裡睡不著覺，只能這樣找樂子。像我這樣的女人，多一個不多，少一個不少，誰在乎我們？

「醫生告訴我，說我咳出的血，是從肺管裡出來的。我總是假裝相信他們，好教他們心裡安慰一點。」

「妳聽我說，瑪格麗特。」我說，我再也抑制不住自己奔放的情感：「我不知道妳對我的生命將會有多大的影響，可是目前還沒有一個人，甚至是我的妹妹，我都沒有像關心妳這樣的關心她。從我認識妳以來，一直就是這樣的，請妳看在上帝的分上，好好調養妳自己。不要再過這樣的生活了！」

「如果我要調養自己，可能會死得更快。支持我生命的，就是這種瘋狂的生活。說到調養，只有那些擁有家庭、擁有朋友的大家閨秀才需要，像我們這種人，一天得不到情人的歡笑或虛榮，就要被拋棄了。想想一個漫長的黑夜接著另一個漫長的白晝，我們怎麼受得了？我很清楚這種事。我曾經臥病兩個月，從第三個禮拜以後，就再也沒有一個人來看我了。」

「或許我對於妳，本來是什麼都算不上的。」我說：「可是如果妳不嫌棄，我願意像兄弟姊妹一樣的照顧妳，我不會離開妳，我要醫好妳。等妳復元以後，妳還是可以回到妳喜歡的這種生活。只是我相信妳一定會更喜歡過另一種閒靜的生活，那會使妳更幸福、更美麗。」

「哼！今天晚上你之所以這樣想，是因為你喝了一點酒，實際上你不會有你所說的那種耐心的。」

「容許我說一句話，瑪格麗特，妳曾經生病兩個月，那段期間，我每天是不是都去探問妳的情形？」

「那倒是真的，只是你為什麼不上樓來呢？」

「因為那時候我還不認識妳。」

「難道對我們這種女人，還要有什麼拘束嗎？」

「面對一個女子，總是該有點拘束的，至少我是這麼認為。」

「這樣說來，你真的會來照顧我？」

「是的。」

「你白天都能在我身邊？」

「是的。」

「甚至每個晚上也都可以？」

「什麼時候都可以，只要妳不討厭我。」

「您稱這種行為是什麼？」

「忠心呀！」

「從那裡來的忠心？」

「從我對妳的關心來的。」

「那麼說來，你愛上我了？直接說出來吧，這樣就簡單多了。」

「說出來當然可以，我會找一天向妳表明我的心，只是，不是今天。」

「我想你最好永遠不要對我說明白。」

「為什麼？」

「因為說明白了，只會有兩種結果產生。」

「那兩種呢？」

「我如果不接受你的愛，那麼你就會恨我；如果我接受了，那你就會非常不幸，要一個神經質、多愁多病，一個常常吐血的女子做你的情婦，一個每年花費十萬法郎的女子做情婦，可能不是一件好事。對一個有錢的老年人，像老公爵那樣倒也還算好，可是對一個像你這樣的青年人，卻不是一件好事。你信不信，過去所有曾經和我要好的一些情人，不久就離開了我，那就是證據。」

我一句話也不答，只是聽她述說這一段近於懺悔的自白，述說這種被金色帳幕掩蓋的痛苦生活。

可憐的瑪格麗特，在放浪形骸與長久失眠裡，只能逃避現實生活，這許許多多的心事讓我感動得說不出話來。

「不管這麼多了啦。」瑪格麗特繼續說：「我們簡直像小孩似的。來，你把手遞給我，我們回到餐廳裡去吧。他們還在猜測我們為什麼離開呢！」

「妳先進去吧，我想留在這裡。」

「為什麼？」

「因為妳的快樂傷害了我。」

「那麼，我憂愁好了。」

「聽好，瑪格麗特，讓我對妳說一件事，這大概也是別人常常對妳說的，妳也許聽慣了，也不再相信，但是我對妳所說的話每一句都是真的，我也不會再對妳說第二遍。」

「是……」她帶著微笑傾聽著，好像年輕的母親傾聽她的孩子們說痴話。

「是這樣的，自從我見了妳以後，不知道為什麼，妳就在我的生命裡，占了一個非常重要的地位。我曾經很努力的從我的心底除去妳的影像，但是我做不到。隔了兩年沒見妳，今天卻又遇到妳時，我竟發現在我的心裡，妳還是占據著那最重要的地位，妳已經成了我生命中不能缺少的人，不要說妳不愛我，就是妳不讓我愛妳，我也會瘋狂的！」

「你這個可憐的東西，你很有錢嗎？難道你不知道我一個月要花費六、七千法郎嗎？這一大筆費用，是我生活上必須花用的，難道你不知道嗎？我可憐的朋友，不需要多久，我就可以把你澈底毀掉，你的家庭會禁止你和我這樣的一個女人一起生活！我們可以做朋友，做好朋友，至於其他的，就別再想了。常常來看看我，我們一起聊聊天，但可別誇大我的價值，因為我是什麼也不值的。你的心這麼好，你需要有人愛你，像我這樣的女人，只會給你帶來傷害。去找一個結過婚的女人好了。你看，我坦白的對你說明這一切，就像個朋友一樣。」

「哈囉！你們在這裡搞什麼鬼呀！」敦絲叫喊一聲就進來了。

「我們在談正經事呢！」瑪格麗特說：「不要打擾我們，一會兒就來。」

「好、好、好，你們談吧，孩子們。」敦絲一邊走著，一邊關上了門。

「好了，就這麼說定了。」瑪格麗特繼續說道：「你不會愛上我吧？」

「我想要走了。」

「就談到這裡？」

我已經陷得太深了，這個女人簡直把我搞昏了。這種歡樂，這種悲愁，這種坦白，這種賣笑生涯，都混和在一起。

「那麼，你說的都是正經的嗎？」她說。

「非常正經。」

「但是你為什麼不早一點對我說呢？」

「我有什麼機會可以對妳說呢？」

「在奧伯哈戲院裡介紹過後的第二天就可以呀。」

「我想如果那個時候來看妳，妳一定會很不歡迎我。」

「為什麼呢？」

「因為前一天晚上，我表現得實在是太笨拙了。」

「這，倒也是事實。但是那個時候，你已經愛上我了呀。」

「是的。」

「可是你還是回家睡覺，像什麼也沒發生過一樣啊。」

「錯！妳知道我那天晚上做了什麼嗎？」

「不知道。」

「我先在英國咖啡店門口等妳。後來又跟蹤載著妳和妳三個朋友的車子，當我看見妳一個人下車，一個人走進妳的住宅的時候，我非常高興。」

瑪格麗特笑了。

「妳笑什麼？」

「沒什麼。」

「告訴我你為什麼笑！求求妳，否則我會覺得妳是在譏笑我。」

「你不會生氣吧？」

「我有什麼權利生氣呢？」

「那麼好，我告訴你，那天晚上我一個人回到屋子裡，那是有一個充分的理由的。」

「什麼理由？」

「因為屋子裡有一個人在等我。」

我聽完這句話，覺得這比她戳了我一刀還難過。我站起來，縮回我的手對她說：「再見。」

「我早就知道你會生氣。」她說：「男人只要一聽到教她們難過的事就會發脾氣。」

「請妳放心，」我冰冷的說，彷彿為了要表示我已經能完全控制我的熱情：「我並沒有生氣，那時候有人在這屋裡等妳其實沒什麼稀奇，就像現在已經凌晨三點了，我還在這裡一樣，沒什麼稀奇。」

「你家裡是不是也有人在等你呢？」

「沒有。我要走了。」

「那麼，再見了。」

「妳真的叫我走？」

「絕對沒有。」

「那妳為什麼要讓我感到痛苦難堪？」

「怎麼難堪呢？」

「妳對我說有人在這屋裡等妳。」

「實際上真的是那樣，我才能一個人回家。你到底把我當成什麼人看呀？我又不是一個大閨女，也不是一個貴婦人。我也是到今天才認識你，我過去的行為並不需要對你負責啊。就算是有一天我會做你的情婦吧，你也該知道，除了你以外，我還有別的情人。假使你現在就這麼受不了，那以後該怎麼辦？我從來沒有見過像你這樣的男人。」

「這是因為從來沒有一個人像我這樣的愛妳。」

「好，坦白說，你真的很愛我嗎？」

「妳能夠想像愛到什麼地步，就愛到什麼地步。」

「這是從什麼時候開始的？」

「從我看見妳從馬車走下來，踏進店鋪裡買東西的那一天起，到現在已經有三年了。」

「這真是一件很美的事，我應該怎樣報答你這麼深的愛呢？」

「應該稍稍愛我一點。」我說這話的時候，一顆心怦怦的跳，我幾乎說不出話來。

「可是，公爵呢。」

「什麼公爵？」

「我那一個老傢伙。」

「他什麼都不會知道的。」

「如果他知道了呢？」

「他會原諒妳的。」

「啊！他會拋棄我的，那我又該怎麼辦呢？」

「那妳就冒險找另外一個人。」

「妳怎麼知道我會這樣做？」

「從妳今天晚上命令娜寧不許任何人進來時，我就知道。」

「我這麼做是為了接待你們啊。」

漸漸的，我和瑪格麗特越來越靠近了，我伸出兩隻手摟住她的腰，我感覺得出那柔軟的身體。

「妳知道我多麼愛妳嗎？」我輕聲的對她說。

「真的嗎？」

「我發誓。」

「那麼，如果你答應一切都照我的意思去做，一句話也不講，一點意見也不發表，一個問題也不提，也許我會愛你。」

「我會照妳的意思去做的！」

「可是我得先跟你說清楚，我還是自由的，我要做什麼就做什麼。我不需要向你報告我生活裡的細節。很久很久以前，我就想找一個情人，一個年輕卻不頑固，多情卻不多心的情人，一個被愛卻當作權利要求的情人。我一直沒找到這樣的人。天下的男人都是一樣的，得到了，還不滿足，還要進一步要求，例如打聽他們情婦的過去、她的現在，甚至於她的未來。當他們逐漸熟悉她之後，就想要統治她；情婦越是順從，他們要求得就越過分。你知道如果我現在要找一個情人，我會希望他具備哪三種長處嗎？就是：他要相信我、順從我，還有心裡能藏得住話。」

「好吧，妳希望的一切，我都辦得到。」

「我們等著看吧。」

「那什麼時候妳才是我的情人呢？」

「再過一陣子吧！」

「為什麼？」

「因為，」瑪格麗特從我手臂的環繞中抽出身來，又從一大束紅色茶花裡，取出一朵插在我衣襟的鈕孔上：「當天簽訂的條約，總不能當天就執行呀。」

「那我什麼時候可以再見到你呢？」我兩手擁住她說著。

「當這一朵茶花換顏色的時候。」

「它什麼時候才換顏色呢？」

「明晚上十一點到十二點鐘的時候，你滿意了吧！」

「滿意。」

「還有，我們之間的事，一個字也不能告訴你的朋友，不要告訴敦絲，誰都不要講。」

「我答應妳。」

「現在，親我一下，然後我們就回到餐廳去吧。」她湊過唇來吻了我一下，然後理一理她的鬢髮。

我們走出房間時，她邊走邊唱歌，我呢，幾乎是飄飄然了。

走到另一個房間時，她停住了腳步，低聲向我說：

「我立刻就接受了你，對你而言，一定覺得很奇怪。你可知道這是什麼緣故嗎？這是因為……」她繼續說，一邊握住我的手，放在她的心口，我可以感覺到她的心跳快速而劇烈：「既然我不能像別人活那麼久，我自己便許下了願望，要活得快樂一點。而我相信你可以帶給我快樂。」

「別說不吉利的傻話，好嗎？」

「啊！你放心好了。」她笑著說：「不管我還有多少日子可活，我活的時間，一定要比你愛我的時間久。」

說完，她唱著歌走進餐廳。

「娜寧到哪裡去了？」瑪格麗特只見加斯和敦絲兩人在那裡，便如此問道。

「為了等著送妳上床，她在妳的臥室裡睡著了。」敦絲答道。

十分鐘以後，我和加斯兩個人走出來。瑪格麗特和我握手道別，敦絲還繼續留在那裡。

「好了，」我們走到外面以後，加斯對我說：「你覺得瑪格麗特怎麼樣？」

「她是一個仙女，我為她瘋狂。」

XI、戀人情事

故事講到這裡時，亞蒙停住了。

「請你關上窗戶好嗎？」他對我說，「我覺得有點冷了，我想到床上躺一下。」

我關上窗戶。

亞蒙脫去了他的便衣，躺到床上去。頭靠在枕頭上休息了一陣子，也許是長期說話造成的疲勞，也許是痛苦的回憶使他更加虛弱。

「你說太多話了。」我對他說：「我先走，你好好休息，好嗎？改天你再繼續講。」

「你聽煩了嗎？」

「當然不是，你多心了。」

「那麼我再繼續往下講，如果你走了，留下我一個人，我反而睡不著。」

那天我回到家裡（他又開始講起來了，不假思索，可見這些情節，還鮮活的存留在他的記憶裡），睡也睡不著，只是一直回想著這一整天的遭遇。見面，介紹，以及瑪格麗特和我之間的密約，這一切發生得那麼快，那麼出人意料的結果，有些時候，我甚至覺得這是一場夢。

但是像瑪格麗特這樣的女子，第一次見面就應允了對方的要求，還約定第二天的幽會，那倒是一件稀奇的事情。

我雖然這樣想，但是我這位未來的情婦，給予我的第一印象，實在是太深了，讓我無法忘記她。

而正如一般男人對自己的愛人常有的虛榮心，我總認為她和別的女子不同，而且我相信她對我的愛，就像我對她那樣專注。

只是，我又難免胡思亂想，因為我常聽說瑪格麗特的感情，是隨著季節變換的。

幾個小時之前，我不是在她家裡，親眼目睹的無情的拒絕那位年輕的伯爵嗎？那怎麼解釋？一則也許因為她真的不喜歡他，二則她已經有了闊綽的老公爵供養她，所以她寧願挑選一個她喜歡的人來愛。

但她為什麼會接納我呢？我的表現看起來是那麼可笑。

也許吧，一剎那的機緣勝一整年的殷勤。

昨晚大家一起吃飯，就只有我一個人見她離席而感到不安，因此立刻去陪伴她。後來我又控制不住傷感，流淚吻了她的手。

再加上之前她臥病在床兩個月，我每天的關心探望，這便使她覺得我和她過去所認識的其他男人不同。

我想來想去，仍然不能確定瑪格麗特到底是看上我的哪一點，不過，有一件事已經是確定的，那就是她已經答應接受我的愛。

現在，我和瑪格麗特已經墜入情網了，雖然她是一個妓女，但我對她一無所求。我如此的自我撫慰是希望使我們的愛情能更富詩意。

那一整夜我都沒有闔眼。我開始覺得自己有點精神錯亂。我幾乎不認得原來的自己了。有時，我覺得自己不夠英俊，不夠有錢，也不夠排場去擁有這樣的女人；有時又覺得能夠擁有這樣的女人是我的驕傲。然而有時又擔心瑪格麗特也許對我只有幾日的露水恩情，不久之後我們可能就會分手。

但有時我又做夢，期待這個女子會因為我的愛而永遠脫離她肉體與精神上的苦痛。我將與她共度此生，她那純真的愛情將會使我幸福。

總之，千萬種念頭不斷湧至心頭，直到天明睡意來臨時，才逐漸消去。

我醒來的時候，已經是下午兩點鐘了。天氣十分晴朗。我覺得我的生活從來沒像現在這麼美滿，這麼充滿希望。

入睡以前，那些叫我輾轉難眠的念頭全都不見了。現在我只看見結果，只期待著與瑪格麗特相見的時光快些來臨。

我在家裡待不住。我覺得我的房間太小，容不下我的幸福。

我需要整個天地供我馳騁，供我傾吐。

我又來到昂丹路，看見瑪格麗特的馬車，正在門口等她；我逛到尚塞利塞去，我覺得我遇見的每一個人都很可愛，不管是認識的或是不認識的，愛情的力量真是偉大啊！

我不知道自己是怎麼度過這一天的，我在路上走著，與人交談，但是談了些什麼，和什麼人談話，我都不記得了，後來我回到家裡，花了三個鐘頭打扮自己。我不斷的地看鐘，至少有一百次以上吧，只是不幸的它們都指著同樣的時間。

十點半一到，我興奮的前去赴約了。

我住在普合路，順著白山路走，穿過大馬路，再經過路易大帝路、馬洪路，最後走到昂丹路。我注視著瑪格麗特的窗戶，窗裡有燈光。我按門鈴。看門人說，瑪格麗特還沒回來。

於是我就在這條街上來回走著，那時街上已經十分冷清。大約半個鐘頭之後，瑪格麗特回來了。她從車上下來，向周圍看了看，好像在找人似的，車子緩緩的開走了。

瑪格麗特叩門的時候，我走上前去，對她說一聲：

「晚安。」

「呀！是你呀？」她說話的口氣一點也沒有驚喜的樣子。

「妳不是答應我，今天晚上來看妳嗎？」

「真的？我已經忘記了。」

這句話推翻了我所有的意念，推翻了我這一天以來所有的希望。但是，我試著開始習慣她這種花樣，我並不氣餒。

我們走進屋子，娜寧已經開了門。

「敦絲來了沒有？」瑪格麗特問。

「沒有，小姐。」

「去說一聲，請她馬上過來。可是妳先去關門。如果有什麼人來，就說我還沒回來，今天不回來了。」

我直覺這女人心裡一定有什麼事，對她而言，我也許是一個不受歡迎的客人呢！那時我簡直不知道該做什麼、該說什麼才對。

這時，瑪格麗特向臥室走去，我還站在原來的地方。

「來呀！」她對我說。

她脫去帽子和天鵝絨外衣，一起丟在床上，倒身坐在火爐邊的一張大靠椅上，手裡一邊玩弄著什麼，一面對我說：

「唉！有什麼新聞，說來聽聽！」

「什麼也沒有，除了我今晚不應該來的消息以外。」

「為什麼？」

「因為妳看起來好像心情很煩，一定是我讓妳覺得厭煩。」

「不是你讓我厭煩，是我不舒服，我一整天都不舒服。」

「那我走，讓妳好好的睡覺好了。」

「啊！不，你要留下來，如果我真的想睡，我不會介意你留在這裡的。」

就在這時候，有人按門鈴。

「誰在這時候還來呀？」她不耐煩的說。

過了一會兒，門鈴又響了。

「難道沒有人去應門嗎？我得自己去開了。」

她站起來，看著我說：「你在這裡等我。」

她穿過幾個房間，接著我聽到大門打開的聲音。

我仔細聽著。

有一個人進來了。我聽出是N伯爵。

「妳今天晚上好嗎？」他說。

「不好！」瑪格麗特用生硬的口氣回答著。

「我打擾了妳吧？」

「也許。」

「看看妳接待我的態度！我到底哪裡得了罪妳？我親愛的瑪格麗特。」

「我的老朋友，你沒有得罪我。我只是生病了，我該去睡了，所以你最好還是走吧，每天晚上我一回來，不出五分鐘，就看見你在這裡，真叫我頭痛。你到底要怎麼樣？要我做你的情婦嗎？那麼，我已經對妳說過一百遍，我辦不到，你真叫人厭煩，你最好到別的地方去。「今天我再對你說最後一遍，我不想再和你有任何的關係，這就是我要說的。再見。看，娜寧來了，她會點燈帶你到門口的。晚安。」

「聽我說，」瑪格麗特對娜寧說：「以後這個傻瓜再來，妳就告訴他說我不在家，不然就說我不願意見他。我真的受夠他了，老是看見這樣的人來向我要求同樣的事，他們以為給我錢，就對得起我了。

「如果有人想要加入我們這個行業，我會告訴她們這些有錢人的虛偽，她們就會寧願去當女傭。像我們是沒辦法。想穿好衣服嘛，想坐好車子嘛，還要許多珠寶，我們已經陷得太深了，這些虛榮拖著我們走，誰知道我們是一點一點的毀滅自己，人們向我們要求的，總是比他們給我們的還要多。有一天，我們死了，就像狗落在水溝裡死了，也沒有人會過問的。」

「好了，小姐，可別再生氣了！」娜寧說：「妳今天晚上精神有點恍惚。」

「這件衣服討厭死了！」瑪格麗特又說，用力扯開她的緊身胸釦：「給我一件睡衣。哦，敦絲呢？」

「她還沒有回來，不過只要她一回來，我馬上叫人通知她到小姐這裡來的。」

「給我們來點水果酒。」

「那些酒對妳的身體不好的，小姐。」娜寧說。

「不要妳來管我。拿點水果餡餅，或是一塊雞翅膀來，不管什麼吃的，馬上拿來，我餓死了。」

「陪我一起吃消夜。」她對我說：「我去梳妝間一下。」

她點亮大燭臺上的蠟燭，推開床頭的一扇門，消失在門邊：

我呢，我擔心著這個女子的生活，我對她的愛裡更添了幾分憐憫。我在房間裡來回走著，不一會兒，敦絲進來了。

「呀，你在這裡？」她向我說：「瑪格麗特在嗎？」

「在梳妝間裡。」

「我等她好了。喔，她覺得你很迷人呢，你知道這回事嗎？」

「不知道。」

「她沒有告訴你嗎？」

「沒有！」

「那你怎麼會在這裡呢？」

「我來看她呀。」

「半夜?」

「有什麼不可以?」

「我跟你開玩笑的!」

「事實上,她有的時候,對待我也很不客氣呢!」

「她以後會好好待你的。」

「真的?她跟妳談到了我?」

「昨天晚上,你和你的朋友走了以後……瑪格麗特問到你;她問我:你是什麼人?從前做過什麼事?你以前有沒有情婦?……想問的統統問了。我把我所知道的都告訴她了,最後還加上一句,我說你很迷人,就是這樣。」

「謝謝妳。能不能告訴我,她昨天託妳辦的是什麼事?」

「沒什麼,她只是叫我打發那一位伯爵罷了。我今天倒是給她帶來了好消息。」

這時候瑪格麗特從梳妝間裡出來了,頭上俏皮的戴上了睡帽,帽上飾有白花的黃色緞帶。她這種裝扮,真是媚人。她的腳赤裸著,穿著一雙緞子睡鞋,剛修完她的指甲。

「怎麼樣，」她看見了敦絲便問：「你見到公爵沒有？」

「見到了！」

「他對妳說了什麼？」

「他給我……」

「多少？」

「六千。」

「現在在妳身上嗎？」

「是的。」

「他看起來是不是有點不高興？」

「沒有。」

「可憐的人！」

瑪格麗特拿了六張一千法郎的鈔票。

「我親愛的敦絲，妳需要錢嗎？」

「喔！是這樣子，再過兩天就是十五了，如果妳能夠借我三、四百法郎，妳就真的是幫我大忙了。」

「沒問題，明天早晨再說吧，現在換錢太晚了。」

「別忘了。」

「收心吧！我們一起吃消夜？敦絲。」

「不，查理還在屋裡等我呢。」

「妳還愛他嗎？」

「愛死了，他是我的寶貝！明天見。再會，亞蒙。」

敦絲愉快的走出去了。瑪格麗特打開她的壁櫃，把那幾張鈔票丟進去。

「我可以躺在床上嗎？」她微笑的說著，一邊往床走去。

「喔，當然可以，我甚至想求你早點休息呢。」

她掀開鋪在床上的罩單，往旁邊一丟，然後就躺下了。

「現在。」她說：「來，坐在我旁邊，我們聊聊吧。」

敦絲說對了，她帶給瑪格麗特的果然是好消息，她的心情比剛才好多了。

「原諒我今天的壞脾氣，好嗎？」她握住我的手問。

「我已經原諒妳了！」

「你愛我嗎？」

「愛得發瘋啊！」

「儘管我脾氣不好？」

「儘管妳所有的不好。」

「你對我發誓。」

「可以。」我輕輕的對她說。

這時娜寧走進來，拿著幾只碟子，一隻冷雞，一瓶波爾多酒，一些草莓。

「我沒有替妳備水果酒。」娜寧說：「喝波爾多酒比較好，對不對，先生？」

「當然。」我答道，心裡還留著瑪格麗特最後幾句動人的話，我的眼睛火熱的注視著她。

「好吧！」她說：「把桌子搬到床邊來；剩下的我們自己來就可以了，妳已經有三個晚上沒有好好的睡一覺了，娜寧，該睡睡了，去吧，我不需要什麼了。」

「門要鎖上嗎？」

「鎖上好了。明天中午以前，什麼人也不要讓他進來。」

XII、小情人

清晨五點的時候，曙光透進了窗簾，瑪格麗特對我說：「很抱歉，你現在必須先走，因為公爵每天早上都會來。他等會兒來的時候，有人會告訴他，我正在睡覺，那他就會一直等到我醒來。」

我兩手抱住瑪格麗特，她散亂的頭髮到處流瀉著，我給她最後一吻，問她說：

「我什麼時候才能再見到妳呢？」

「聽我說，」她說：「在壁爐上有一把金鑰匙，你拿去打開那扇門，再把鑰匙送到我這裡來，你就可以走了。今天，你會收到我的一封信，裡面有我的命令，你說過你會完全服從我。」

「可以，可是我想要求你一件事。」

「什麼事？」

「把那把鑰匙給我。」

「我從來沒有答應過別人這種事。」

「那麼答應我，因為我向妳發誓，我的愛和別人對妳的愛不一樣。」

「好，那你就留著它吧。可是我先告訴你，這鑰匙的主權還是在我，我可以讓它一點用處也沒有。」

「為什麼？」

「因為門裡面還有一道暗鎖。」

「壞東西！」

「我隨時可以叫人廢掉這道鎖。」

「你是不是有點愛我？」

「我也說不清是怎麼一回事，好像有那麼一點……現在你快走吧，我想睡了。」

我們相擁著，依偎了好一會兒，我才離開。

街上悄然無人，這座大城還在睡呢，一陣柔和、清新的氣息到處川流著，再過幾個鐘頭，城市就會被人聲侵擾了。

而這時我的感覺好像整座睡城都是歸我所有，我從記憶裡搜尋一些我曾經羨慕過的人，可是我就是想不起有任何一個人比現在的我更幸福。

我想著被一個純真年輕的女子所愛，固然是一大福氣，可是這豈不也是世界上最簡單的愛情嗎？取得一顆從未有經驗的心，就像是取得一座沒有守衛的城池一樣容易。但是要贏得一個風月場所女子的情愛，那可是一件非常艱難的事情。對她們而言，肉體已經磨損了靈魂，感官已經燒毀了心靈，墮落生涯已經侵蝕了她們的情感。人們要對她們說的話，她們老早就知道了；人們運用的手腕，她們也都非常熟悉；她們的愛出於職業，而非出於本能，她們永遠在防衛自己。

而當上帝允許一個妓女去愛一個人的時候，這愛起初可能是一種寬恕，後來就可能變成一種懲罰了。當一個妓女突然間發現自己墜入了從來不曾夢想到的情網裡時，她所愛戀的男子，便能完全統御她了。然而他總是對那女子抗議說：「妳對愛情的努力，遠遠比不上妳從前對金錢的努力！」這時候，可憐的她們還真不知道該怎麼證實自己的愛才好。

就像從前有一個故事，故事的內容是有一個小孩子在野外閒得發慌，突發奇想的開玩笑喊著：「救命啊，救命啊，狼來了！」

起初農場裡的人們還信以為真，拚了命去救他，誰曉得那孩子竟然是在開玩笑。直到有一天，那孩子真的遇上狼了，他瘋狂的喊著救命，卻再也沒有人相信他了。

妓女的可憐之處也是如此，當她們認真的愛上一個人的時候，就像那個孩子，因為過去欺騙的事做得太多了，所以沒有人肯再相信她們所說的話，結果她們便在悔恨的心情中被愛火給吞噬了。

所以，如果有一個男子，喚醒了她們最後那一點超然的愛情，同時他也有一副慈悲的心腸，願意忘記她的過去，完全的接受她，有了這樣的愛情，她的心就永遠不會變了。

那天當我回到家裡，我高興得幾近發狂。過去我以為的層層阻礙，如今都已經消失得無影無蹤。想到她現在是我的，想到我在她心目中已經有了地位，想到我口袋裡有她房間的鑰匙，而且有權利可以使用它，我整個人就意氣風發，感覺人生真是快意無限。

至於昨夜以前我的生活是怎麼過的，我幾乎想不起來了。

我整個生命都在回憶這一夜的歡樂。也許是瑪格麗特善於騙人吧！也許是她給我那第一吻之後，就發生了那種熱烈的愛情吧！我整個人幾乎要瘋狂了。

有時我懷疑瑪格麗特是否對我虛情假意，但轉念一想，又覺得瑪格麗特沒有必要假裝愛我。

就在這許多意念中，我漸漸入睡了。直到瑪格麗特來了一封信，才驚醒了我，信裡寫著這樣幾個字：

這是我的命令：今天晚上，在佛德維戲院見面。你要在第三幕開演的時候赴約。

瑪格麗特

我把這一張紙箋放在抽屜裡，為的是在我懷疑她的愛情時，可以取出來確定一下。

她沒有叫我白天去看她，我就不敢到她家裡去；可是我又渴望早點見到她，於是我就跑到尚塞利塞那裡去。在那裡我像從前一樣，看著她在大街上來回的走。

七點鐘時，我到了佛德維戲院。我從來沒有這麼早到一家戲院報到。包廂一間一間的都坐滿了人，只剩樓下近舞臺的一間空著。第三幕開演的時候，我聽見這一間包廂開門的聲音，瑪格麗特到了。

她立刻走到包廂前面，向池座裡探望，看見了我，用目光向我打招呼。

這天晚上她真是出奇的美麗。是不是因為我而使她如此嬌豔呢？她是不是因為我的愛而越發美麗呢？這些我都不知道，不過若果真如此，她算是非常成功，因為她一露面，全場的眼光就如海浪似的湧向她，就連臺上的演員，也轉過頭來，注視著這位佳人。

而我呢，我手裡有一把可以打開這女子房門的鑰匙，而且在三、四個鐘頭之後，她又是我的了。

敦絲也跟著一起來，還有一個男子，看上去是G伯爵，也坐在後面。一見他，一陣寒噤就掠過我的心頭。

瑪格麗特一定也知道在她包廂裡的那個男子給我的感覺，所以她故意向我微笑，並且背對著伯爵。到了第三幕時，她轉過去，對伯爵說了兩句話。伯爵於是離開了包廂，瑪格麗特就做了個手勢叫我到她那裡去。

「晚安！」我走進包廂的時候，她隨即伸出手來拉著我。

「晚安！」我向瑪格麗特和敦絲答禮。

「請坐，請坐。」

「我坐了別人的座位了吧！G伯爵不再回來了嗎？」

「會回來的，是我叫他去買糖果，為了讓我們倆聊一會兒。敦絲會替我們保守祕密的。」

「是呀，孩子們，」敦絲說：「你們儘管放心，我什麼都不會說的。」

「你今晚到底有什麼事呀？」瑪格麗特說，一面站起來，走向包廂後面陰暗的處所，親吻我的前額。

「我有點不舒服。」

「那你應該去睡覺。」她俏皮的音調正好配合那細緻伶俐的臉龐。

「去什麼地方睡呢？」

「你家裡啊。」

「妳知道我在家裡是睡不著的。」

「好了，別再裝模作樣了，就為了你剛剛看見我包廂裡的那個人？」

「並不是因為這個。」

「是的，一定是的，我知道。你錯了。好了，別再提了。散場後，你就到敦絲家裡去，在那裡一直等到我叫你。聽見了沒有？」

「聽見了。」難道我還能夠違抗嗎？我想著。

「你還愛我嗎？」她說。

「還用得著問？」

「你想我嗎？」

「整天都在想。」

「你知道我恐怕要愛上你了？問敦絲你就知道。」

「啊！」那胖女人接著說：「簡直愛得嚇人呢！」

「現在，你回到你的座位去，伯爵就要回來了，不要讓他看見你。」

「為什麼？」

「因為你看見他，心裡會不高興。」

「不會的，不過如果妳早點對我說，妳今晚想要到這裡來，我也一樣可以送妳包廂票呀。」

「我並沒有向他要包廂券，是他主動給我的，而且還要求陪我來。你本來就知道的，我不能拒絕他。我所能辦到的，就是寫信通知你，我到哪裡去了，好叫你也能見到我，當然，我也希望早一點見到你。」

「算我錯了，原諒我吧。」

「啊，算了，回你的座位去吧，不要再吃醋了。」

她又吻了我，我就像被哄的小孩走了出來。在迴廊裡遇見往回走的伯爵。我回到我的座位上。

其實說起來，G伯爵坐在瑪格麗特的包廂裡，是最平常的事，他曾經做過她的情人，他送她一張包廂券，陪她來看看戲，這些事情都是非常自然的。我既然把瑪格麗特這樣的女子當作情婦，自然就該接受她的習慣。

散場的時候，我看見敦絲、伯爵和瑪格麗特一起坐上一輛馬車離去，雖說不在意，但我仍感到非常傷心。

不久之後，我已經在敦絲家裡了。她也是剛剛到家。

XIII、嫉妒

「你和我幾乎是一起到的嘛！」敦絲對我說。

「是的。」我機械式的答道：「瑪格麗特現在在那裡呀？」

「在她家裡。」

「她一個人？」

「和G伯爵一起。」

我大步的在客廳裡來回地踱著。

「喂，你怎麼了？」

「你以為我很好玩呀？我在這裡等G伯爵從瑪格麗特家裡出來……」

「你這個人真不講理！你難道不知道瑪格麗特是不能夠趕走伯爵的嗎？G伯爵和她的交情很深，他常常給她很多錢，即便不再是情人，他現在還是照樣供給她。瑪格麗特一年要花費十萬以上法郎，她又負了很多的債。當然啦，現在的她要求公爵給多少，他就給多少，可是她還是不敢常常跟他要，所以她不能再和伯爵鬧翻了。

「瑪格麗特是很愛你的，可是你們的關係，就她的利益和你的利益而言，不應該這麼認真。你那一年七、八千法郎的收入，是無法供給這樣一個奢華的女人的生活，你連她的一輛馬車都買不起呢！你應該知道瑪格麗特是怎樣的人，你只要把她當作一個聰明漂亮的女人就夠了，好好做她的情人吧，一個月或兩個月，送她些茶花，送她些糖果，送她包廂券；可是不要再想別的事了，也不必吃醋。你應該明白，你的情敵們是什麼人，瑪格麗特也不是一個聖女。她喜歡你，你也很愛她，其他的就不要放在心上，我看你多愁善感，這一點倒是逗人喜歡的。你現在擁有全巴黎最迷人的情婦呢！她在她豪華的住宅裡接待你，一身裝飾著珠寶，可是，一文錢也不用你破費，你難道還不滿足啊？你要求得太多了。」

「妳的話是沒有錯，但是我自己也控制不了自己的情緒，只要一想到那個人曾經是她的情人，我就非常痛苦。」

「首先，」敦絲繼續說：「他現在並不是她的情人，他只不過是她用得著的一個人就是了。兩天以來，她已經吩咐人擋了他的駕。他今天早晨又來了，她已經沒有理由再推託，只好接受他的包廂券，陪他一起看戲。後來他又送她回來，走進她屋子裡坐一會。既然有你在這裡等著，他不會待太久的，據我看，這些也都是很自然的事情。你不是已經容忍老公爵和瑪格麗特的關係了嗎？」

「是的，但是公爵是一個老頭子呀，我相信瑪格麗特一定不是他的情婦。況且，容忍一種關係已經夠讓人受不了，更何況是多種複雜的關係。」

「啊，你怎麼這麼頑固啊？我見過多少貴人闊老，大家都是這樣做，如此一來，所有事都變得很簡單，也沒什麼可羞恥的。你想，一個風月場所的女子，如果不是同時有三、四個情人，怎麼夠她們花用？一年五十萬法郎收入，算是法國了不起的大戶了吧？可是，我的朋友，五十萬法郎的收入，還是不夠開銷，理由是這樣的：一個有這麼一筆收入的男子，總得有一棟講究的房子，有幾匹馬，有幾輛車，有僕人，有朋友，多半他還是結過婚的，又有孩子；他還得跑跑馬，賭賭錢，時常出門旅行……花樣很難一次說清楚呢！這一切盤算起來，他從他每年五十萬法郎的數目裡，一年最多也只能花費四、五萬法郎在一個妓女身上，這已經算多的了。所以必須有特殊的交情才能夠應付她的年費，至於瑪格麗特呢，她應該算是特別的了，她落在一個千萬財產的老頭子身上，這個老頭子的妻女都死了，有些姪兒外甥們，也都是有錢人，所以無論她想要什麼，他都肯供給，沒有什麼交換條件，也從不向她要求什麼。可是她至多一年也只能索取六、七萬法郎，如果再向他多要一點，從常理判斷，不管他家財多大，不管他怎樣憐愛她，他也一定會拒絕的。

「巴黎那些一年有兩、三萬法郎收入的年輕人，都很懂得怎麼做瑪格麗特的情人。想靠他們那點錢過活，簡直連付房租和僕人的薪資都不夠。這些小情人們也並不對她明說。只裝作什麼都沒有看見，等到他們玩夠了，就離開了。如果他們想要面子，他們終究會把自己毀了。你聽了這些事覺得很驚訝，是不是？但這都是真的，你是一個好人，我非常喜歡你；我在風月場所中生活了二十年，我明白她們是怎麼一回事，也明白她們有多少價值，我不願意看見你為了一個妓女對你的一點情愛就認真起來，最後把自己給毀掉。」

「再說，除了這以外。」敦絲繼續說：「就算瑪格麗特真的愛你，能夠拒絕伯爵，在公爵發現了你們之間的關係之後，他會要求她在你們兩個人間做一個選擇的，這樣她為你做的犧牲一定會很大，這是不能否認的。就你而言，你又能為她犧牲什麼呢？你將來有一天厭煩她了，又要怎麼賠償她呢？一定是什麼都沒有。她給你她最美好的年華，但最後卻被你拋棄。就算你是一個有良心的男人，讓她永遠留在你身邊，但你會因此給自己帶來許多麻煩，因為這種關係對於年輕人還可原諒，到了中年就不行了。相信我吧，朋友，看準一件物事，值多少就給多少，看準一名女子，該怎樣就怎樣。」

這些話說得很合邏輯，我本來還想不到敦絲會說出這些話，教我一時也找不出話來回答她。我攤開了手，謝謝她的勸告。

「算了吧，算了吧。」她又說：「就別再想那麼多了，好好的玩一場吧。人生是美滿的，好朋友，全憑你以什麼眼光去看而已。譬如，以你的朋友加斯為例，他才是一個懂得愛情的角色呢！你自己應該放明白一點，否則你會變成一個沒趣的人，你應該明白有一個美麗的小姐，正在她家裡不耐煩的等著另一個男子滾蛋，她正在想念你，她為你保留她的良夜，她是愛你的，我非常相信。現在，你跟我到窗臺邊吧，我們去看看伯爵走了沒有，他不會停留太久的。」

敦絲打開一扇窗戶，我們並排倚在窗外的陽臺上。她望著街上稀少的行人。我呢，我想著她說的話。我不時發出嘆息，那聲音讓敦絲湊過頭來，聳聳肩膀，像醫生看著病人失望的神情。

「生命多麼短促啊！」我自言自語說：「我結識瑪格麗特只有兩天，她做我的情婦也只是兩天的事，可是她已經這樣占有了我的思想、我的心靈、我的生命，以至於今天晚上G伯爵來看她，竟使我這樣痛苦！」

伯爵終於走了，上了他的車子離開了。敦絲關起窗戶，同時瑪格麗特呼喚我們過去。

「快點來啊，我已經把桌子擺好了。」她說：「我們吃消夜吧。」

我走到瑪格麗特家裡的時候，她見了我，立刻跑到我身邊來，跳起來圍住我的頸項，用盡全力吻我。

「我是不是令人討厭？」她對我說。

「不，現在好了。」敦絲答：「我對他講了一篇大道理，他已經答應要乖乖的。」

「哎唷，那好得很！」

我的眼睛不由自主的瞥到床上，床上倒還沒弄亂。至於瑪格麗特呢，她穿著一件白色睡衣。

大家圍著桌子坐下。

嫵媚、漫柔、多情，這一切都齊備於瑪格麗特一身，我不得不承認，我沒有權利再向她要求別的，我想任何人處於我的地位都一定會感到非常幸福。我也不得不承認，我正在享受一位女神給我的快樂。

吃完消夜，我單獨與瑪格麗特在一起。她像往常一樣在火爐前坐下，帶著憂鬱的眼神注視著爐裡的火焰，她在想什麼？我不知道。我呢，我帶著憐惜而擔憂的心情望著她，心中準備為她受苦。

「你知道我剛剛在想什麼嗎？」

「不知道。」

「我心裡有一個計畫。」

「什麼計畫？」

「現在我還不能對你說，只能告訴你，一個月以後，我就可以自由了，什麼債都不欠了，到時候我們就可以一起去鄉間避暑。」

「可是妳能不能告訴我，妳是用什麼方法辦到的呢？」

「不能，你只要像我愛你那樣愛我，一切就會成功。」

「這計畫是妳一個人想到的嗎？」

「是的。」

「而且只有妳一個人去做？」

「我寧願一個人承擔這一切。」瑪格麗特說這話時的那一種微笑，我永遠也忘不掉：「可是我要讓兩個人來分享成果。」

一聽到「成果」兩個字，我禁不住臉紅起來。

我站起來，略帶強硬的口氣說：

「妳應該允許我，親愛的瑪格麗特，讓我也分享妳的計畫，讓我們一起經營我們的『成果』。」

「這是什麼意思？」

「這意思就是說我懷疑G伯爵就是妳那個漂亮計畫的當事人，這個計畫我沒負什麼責任，也不要享受什麼『成果』！」

「你真像個小孩子！我本來相信你是愛我的，原來我弄錯了，那好吧。」

她隨即站起來打開她的鋼琴，開始彈奏「請跳首圓舞曲」的曲調，一直彈到那容易出錯的那一節，便停住了。

也許是她的習慣如此，或是為了使我回想起我們初次相識的情景。於是我走近她的身旁，抱著她，吻她。

「原諒我吧？」我對她說。

「你要注意，今天只是第二天，可是我已經需要開始原諒你。你說過，要遵守我們的約定的，看來你並沒有守信用。」

「那妳叫我怎麼辦呢?瑪格麗特，我太愛妳了，甚至妳的雜念，都會令我嫉妒。妳剛才說的事，我聽了是很高興，不過實現這件計畫之前的神祕，又叫人難過呢。」

「好吧，我們來講道理。」說時她握住我的雙手，帶著令人銷魂的媚笑注視著我：「你愛我，是不是?你一定會願意只和我一個人在鄉村裡共度兩、三個月的時光，我也一樣，我期待兩個人共享的安靜生活，而且這對我的身體健康也很有幫助。但我不能離開巴黎太久，像我這樣的一個女人無法遠離塵囂太久。我已經知道該怎麼安排這一切了，誰知道你竟在這裡板起面孔生氣，唉!你只要記住我愛你，什麼都不要擔心。」

「我答應妳。」

「那麼，不到一個月，我們就會在鄉村裡，喝著牛奶，一同在小河邊散步了。我說這種話，你也許覺得稀奇，難道繁華的巴黎生活我厭倦了嗎?是的，我突然嚮往安靜的生活，它使我想起我的童年。我的父親是一位退職軍官，我原來只是一個可憐的鄉村女孩，六年前，我還不會寫我自己的名字呢！現在，當我希望有人與我一起分享快樂時，為什麼第一個就找你？那是因為我看出你是為了我而愛我，並不是為了你自己，很多人都是為了他們自己而愛我的。

「我也曾經去過鄉間，可是從來都不是自願的。現在我請求你和我一起去，拜託，對我好一點，讓我能夠如願以償吧。」

這樣的溫柔，我還能怎麼說呢！尤其記憶裡還存留著第一夜的恩愛，我的心還期待著第二夜呢！

一個鐘頭以後，瑪格麗特就在我的懷抱裡了，我想這時候就算她叫我去殺人放火，我都會依從她的。

清晨六點鐘，我離開了。離開以前，我問她：「今天晚上見？」

她熱烈的吻著我，可是並不答話。

白天我收到一封信，寫著這幾行字：

親愛的亞蒙，我有點不舒服，醫生叫我要多休息，今晚我要早一點上床，不再見你了，不過為了補償你，明天正午就靜候你的到來。我愛你。

看完這封信之後，我第一個念頭就是：她在騙我！

一陣冷汗掠過我的額前，我已經太愛這個女子，經受不住這樣的折磨。

可是我應該料到瑪格麗特會有這麼一招的，以前我和別的情婦之間也常有這種事情，但我卻不怎麼在乎。然而這個女子卻讓我陷得這樣深，以致我已經無法控制我自己。

我想，我還是依照慣例去看看她，反正我有她家裡的鑰匙。如果我真的碰到一個男人在她那裡，我會重重的賞他耳光。

打定了主意之後，白天，我四處找她。晚上，我又到她常去的戲院，但還是不見她的蹤影。

十一點鐘的時候，我走到昂丹路。瑪格麗特的窗戶沒有燈光，我按門鈴。看門的人問我找誰。

「瑪格麗特小姐。」我對他說。

「她沒有回來。」

「那我上去等她好了。」

「她家裡一個人也沒有。」

我當然可以進去，因為我手裡有鑰匙，可是我又怕遭人嘲笑，只好走了出來。我也不想回家。我離不開那條街，離不開瑪格麗特的房子。彷彿我還有點什麼事需要打聽，至少我的疑心有待證實。

半夜十二點鐘的時候，一輛眼熟的馬車，停在九號門前，G伯爵從車上走下來，吩咐他的車夫把車子開走以後，他就走進屋子裡。我希望他和我一樣，也有人對他說，瑪格麗特不在家，然後他就會走出來。可是從那時候，一直到清晨四點鐘，G伯爵都沒有再走出那房間，而我，還在外頭等著。

XIV、原諒

經過了一夜無助的枯等，我頹喪的回到家裡，像小孩似的哭了起來。任何一個男人在被他所愛的女人騙了之後，都會懂得我當時的痛苦。

我突然決定要立刻斷絕這種愛情關係，我不想再等下去，我想回家鄉，回到父親和妹妹身邊，至少他們的愛，我是有把握的，他們不會欺騙我。

但是我又不願意讓瑪格麗特不知道我離開的緣由。只有無情無義的男人才會一聲不響的離開。

我在腦子裡寫了十幾二十封信給她。我已經把她當成其他的女人看待了，過去，我太美化她了，她卻拿我當一個小學生看待，她欺騙我，用一種狡猾的手段欺騙我，這是非常清楚的。想到這裡，我的自尊心占了上風。我必須離開這個女子，但我不會讓她知道她所帶給我的痛苦。下面就是我寫給她的信，我寫的時候，眼裡充滿了瘋狂與痛苦的淚水：

親愛的瑪格麗特：

我希望妳昨天的身體不適，不至於有任何大礙。夜裡十一點鐘的時候，我曾經來打聽妳的消息。G伯爵比我還要幸福，因為過了不久，他也來了，清晨四點鐘的時候，他還在妳家裡。

請妳原諒我，我並未讓妳享有快樂的時光，但請相信我永遠不會忘記妳曾賜給我的幸福時刻。

我本來今天一早就要去打聽妳的消息，但還是算了，我決定回到父親那裡。

再見了！瑪格麗特，我不夠有錢，所以我沒有資格愛你，那麼讓彼此都忘記了吧！於妳，是忘記一個不相干的名字，而我呢，則是忘記一樁不可能的幸福。

我把鑰匙寄還給妳，我從來沒有用過它，但我想它對妳還是有用的，如果妳還是常常像昨天那樣生病的話。

你看，我在信的末尾，還是忍不住要說幾句無禮的諷刺話，可見我還是深深愛著她的。

我反覆讀著這封信，一想到它會使她為難，我就稍稍冷靜下來。但我仍努力說服自己，不可以心軟。八點鐘一到，我的僕人進到我的房間的時候，我交給了他，要他馬上送去。

「要不要等回信?」僕人問我。

「如果有人問你,是不是要回音,你就說不知道,等著就是了。」

我於是靜靜的等她的回信。我覺得自己真的非常軟弱可憐!僕人還沒有回來以前,我的心是十二萬分的不安。有時想想自己是怎樣得到瑪格麗特的,到底有什麼權利寫這麼無禮的信給她?但有時候,想起這個女人對我許下的山盟海誓,我就覺得我的信件還過於溫和呢,那裡面至少沒有重話。

後來我的僕人回來了。

「喂,怎麼樣?」我問他。

「先生,」他說:「小姐睡在床上還沒有醒呢,等她醒了,他們就會把信送上去,如果有回信,就會有人送來的。」

她還沒有睡醒呢!

十點。十一點。十二點。越是接近她該寫回信給我的時間,我就越後悔。我真覺得不該寫這封信的。

我想去赴約,假裝什麼事也沒發生過,但我又無法坦然的面對她。

我焦急的等待著回信。

最後，我再也等不及了，走出門，故意經過昂丹路。每逢遠遠看到一名女子，就以為是娜寧送回信來給我。但是其實我都看錯了。我又走回家，以為一定可以收到瑪格麗特的回信。

可是僕人還是說沒有。

我開始後悔寫了那封信，我知道她看了一定會很難過。

我想也許她會親自到我這裡來。但是時間一點一滴的過去了，她卻仍沒有回信。

說實在的，瑪格麗特和別的女子真的不一樣，收到我寫的那麼一封信，竟沒有任何隻字片語的回應，這種女子真的很少見呢。

五點鐘，我跑去尚塞利塞。「如果我真的碰見了她。」我想著：「我就裝出一副漠不關心的樣子，她心裡就會明白我不再想念她了。」

在路上，我偶然看到她坐在車子裡經過。因為來得太突然，我不知道她是否看見了我的表情，我自己呢，緊張得只看見她的車子。

我到處瀏覽著戲院的廣告，想藉此機會見她，這一天皇家戲院正上演一齣新劇。通常瑪格麗特應該會在那裡的。我七點鐘趕到戲院，所有的包廂都坐滿了人，可是並沒有瑪格麗特。我失望的離開那裡，跑遍了所有她常去的戲院，佛德維、哀德、奧伯哈，可是到處都見不著她的蹤影。

或許是我的信讓她太難堪，甚至無心來看戲？還是她刻意避著我，好免去一番解釋呢？我在馬路上走著，正這樣想的時候，碰到了加斯，他問我去哪裡？

「皇家戲院。」

「我是從歌劇院來的。」他說：「我還以為在那裡會見到你呢。」

「為什麼？」

「因為瑪格麗特在那裡呀。」

「啊！她在那裡？」

「是的。」

「一個人？」

「不，和她的一個女朋友一起。」

「就這樣？」

「G伯爵到她包廂裡待了一會，可是她是和公爵一起走的。我還以為會看到你。在我旁邊有一個座位，整個晚上都空著，我先前還以為是你訂的呢。」

「為什麼瑪格麗特去的地方我就得去呢？」

「因為你是她的情人呀！」

「誰對你說的？」

「敦絲，我昨天碰到她的。我恭喜你啊，好朋友，這可是一個漂亮的情婦，並不是誰喜歡就可以追到手的呢。好好把握她，她會給你爭面子的。」

加斯這幾句簡單的話，做我覺得自己的猜疑非常可笑。如果我昨天就碰到他，他就對我這麼說起，那我今天早上就一定不會寫那封信了。

我想衝到敦絲那裡，託她去對瑪格麗特說我有話要和她談，但是我又怕她報復我，答覆說不願意見我，於是我只好先從昂丹路走回家裡，再想其他方法。我又問了僕人有沒有我的信，結果還是沒有！我想也許她在等我，看我有什麼新的舉動。

我躺在床上，安慰著自己：「她見我沒有再寫信去，明天她就會寫信來的。」

這一晚，我心裡後悔極了，我知道我做錯了。我一個人孤單的躺著，睡也睡不著，心裡充滿了不安與嫉妒，如果不寫那一封信，我這時候應該在瑪格麗特的身邊才是，聽她說出那句迷人的話，我總共只聽過兩遍，但在這麼寂寞的時候，那句話卻彷彿在燒灼我的耳朵。

我覺得一切都是我的錯，瑪格麗特是愛我的。何以見得?第一、她只願跟我到鄉間去度假。其次，我沒有什麼足以讓她做我情婦的籌碼。我沒有財產可以滿足她的需要，甚至還無法滿足日常的開銷。她從我身上，只找到一種真摯的情感，這情感足以安慰她朝夕出賣肉體的痛苦。然而到了第二天，這個希望就破滅了，我無禮的嘲笑她，這樣做不僅僅是可笑，簡直是魯莽。

我認識瑪格麗特只有三十六個鐘頭，做她的情人也只是二十四個鐘頭的事，可是我就這麼容易生氣，不懂得珍惜她給我的幸福，只想一個人完全占有她，想強迫她立刻斷絕過去所有的關係。我有什麼資格責備她呢?完全沒有。

一整夜，我反覆思考著這一切，直到天亮。

我想我必須做個決定了。或者和這個女人分手，或者是不再疑心，和她真誠以對。但是，我很難下決定。既然不能老待在家裡，又不敢到瑪格麗特那裡去，我於是想試一試有什麼方法可以接近她。

九點鐘。我跑到敦絲那裡，她問我為什麼這麼早就來。我不敢對她直說原因。我只說早點出來，好訂前往C城的公共汽車票，因為我的父親住在C城。

「你真有福氣啊！」她說：「能夠碰到這麼好的天氣離開巴黎。」

我注著著敦絲，心裡想她是否在嘲笑我。然而她的表情還是正正經經的。

「你要去向瑪格麗特辭行嗎？」她更正經的繼續說。

「不。」

「你做得對。」

「妳以為對嗎？」

「當然。既然你已經和她分手了，又何必再見她呢？」

「妳已經知道我們分手了？」

「她拿你的信給我看了。」

「她對我說，好！敦絲，你介紹的人可真不客氣，這種信，心裡想想還可以，寫出來有多傷人啊。」

「她是用什麼口氣對妳說的呢？」

「笑著說的，她還說：『他在我這裡吃了兩頓消夜，連聲謝謝都沒說呢。』」

「昨晚她做了些什麼？」

「她到歌劇院去了。」

「這我知道，後來呢？」

「她在家裡吃了晚飯。」

「一個人？」

「和G伯爵一起，我想。」

這麼看來，我那封信完全沒有變瑪格麗特的習慣。我告訴自己：不要再想這個女人吧，她已經不愛你了。

「好吧，我很高興知道瑪格麗特並不為我難過。」說時，我強笑著。

「她有理由不難過。你照你的意思做了，你比她更明理，說實在的，這個女人還是愛著你呢，只要談起你，她就無法制自己的思念。」

「既然她還愛我，為什麼不回我的信？」

「因為她已經明白她錯看了你。而且，女人有時願意讓人玩弄她們的愛情，可是絕不肯讓人傷了她們的自尊。做了一個女人的情人，才不過兩天，就離開她，不管分手是因為什麼理由，這已經嚴重的傷了她的自尊呢。我是知道瑪格麗特的，她寧可去死，也不肯回你的信。」

「那麼我該怎麼辦呢？」

「算了吧。她會忘記你，你也會忘記她，你們彼此都沒有什麼可埋怨的。」

「不過如果我寫信求她饒恕我呢？」

「千萬別那麼做，因為她會原諒你的。」

那時我幾乎想跳起來抱住敦絲。

之後我走回家，寫了一封信給瑪格麗特，我說：

有一個人，後悔他昨天寫過的一封信，如果妳不原諒他，他明天就要離開巴黎，這個人很想知道什麼時候可以到妳面前獻上他懊悔的心，什麼時候他可以單獨與妳見面？

我摺起這一首散文詩式的紙箋，派僕人送去，僕人回來說已經把信交到瑪格麗特的手裡了，她說稍晚會有回信來。

不過，我一直等到晚上十一點鐘，還沒有得到她的任何回音。我決定不再為情所苦，明天一早就動身。下定決心之後，心想反正上床也睡不著，於是便開始收拾行李。

XV、誤會冰釋

我和僕人一起收拾行李。差不多一個鐘頭之後，門外突然有人急促的按鈴。

「要去開門嗎？」僕人問我。

「開吧！」有誰會在這時候到我這裡來呢？然而我不敢相信竟然是瑪格麗特……

「先生，」僕人告訴我：「是兩位女士呢。」

「是我們，亞蒙！」原來是敦絲的聲音。

我走出房間，敦絲正站著瀏覽我客廳裡的幾件古董；瑪格麗特則坐在沙發椅上，陷入沉思。我向她走去，跪了下去，握住她的手，誠懇的對她說：

「原諒我。」

她親吻我的前額說：「這已經是我第三次原諒你了。」

「我明天就要離開巴黎了。」

「所以，我來看看是不是能改變你的決定呢？但是，我並不是來阻止你離開巴黎。只是因為白天我沒有時間回你的信，我又不希望你以為我還在生你的氣，所以想來看看你。敦絲還不讓我來呢，她說我來了也許會打擾你。」

「妳，打擾我？怎麼會呢？」

「我是說，說不定有一個女人在你這裡呢！」敦絲說。

敦絲說這話的時候，瑪格麗特留神注視著我。

「親愛的敦絲，」我說：「沒有的事，可別亂講。」

「你的房子真漂亮。」敦絲又說：「臥房可以參觀嗎？」

「可以的。」

敦絲走進我的臥室，與其說她是去參觀房間，倒不如說她是藉故讓我和瑪格麗特兩個人安靜的談一談。

「妳為什麼要帶敦絲來？」我問她。

「因為她原來就和我在戲院裡，而且從這裡回去的時候，我也希望有人陪我。」

「難道我不能陪妳嗎？」

「是的，不過我不願意麻煩你，還有，我想你一定會要求送我回家，但我又不能答應你，我不願意你離開我的時候，心裡責備我。」

「既然這樣，你為什麼不能答應我呢？」

「因為我正受人監視，稍有一點差池，就可能鑄成大錯。」

「這就是唯一的理由？」

「如果還有別的理由，我一定會告訴你，我們彼此之間，已經沒有什麼祕密了。」

「瑪格麗特，我不願意拐彎抹角。老實說，妳是不是有一點愛我？」

「我很愛你！」

「那妳為什麼要欺騙我呢？」

「亞蒙，假使我是某某公爵夫人，假使我每年有二十萬法郎收入，在這種情形之下，我是你的情婦，另外也做別人的情婦，那麼你才有權利問我為什麼騙你。可是我是瑪格麗特小姐呀，我背負了四萬法郎的債，什麼家產都沒有，並且每年要花十來萬法郎，所以你的問題是白問，我的答覆也沒有用。」

「我懂了。」我說，我把頭垂到瑪格麗特的膝上：「但是妳知道我愛妳，愛得發狂啊！」

「哎唷，亞蒙，你應該愛我少一點，多了解我一點。你的來信讓我很痛苦。如果我是自由的，我前天就不會接待伯爵。我曾經告訴你，我可以設法得到六個月的假期，你又不肯，你非要知道我用的是什麼方法，喝！天啊，這方法很容易猜得到的呀，你知道我所要做的犧牲比你想像的還要大得多呢！

「我本來可以對你說：『我需要兩萬法郎。』你是愛我的，你一定會替我弄到這一筆款項，不過你以後可能就會埋怨我了。我寧願一點都不連累你，你卻不懂我的苦心。像我們這種女人，我們說話做事，都有為人所不知的苦衷；所以我對你再重覆說一遍：我會想辦法償還債務，卻不會向你要一個錢，你應該知道這是對你有好處的，如果你能夠明白這點，就不要再追問我前天的事了。」

我聽著瑪格麗特說這一番話，雙眼注視著她，心裡無限感動。

「這是真的。」她又說：「像我們這種身世的女人，根本不敢渴望愛情。有人為我們傾家蕩產，也有人用一束花就可以把我們弄到手，但我們的心裡常常是委屈的。你知道為什麼我那麼快就決定把自己交給你嗎？因為我看見當我吐血時，你握住我的手，你哭了，你是唯一懂得憐惜我的人。所以，我立刻就愛上了你。

「但你的信卻深深傷了我的心。當然，我知道你是出於嫉妒，但你知道我心裡有多麼痛苦嗎？你應該知道，像我們這種女人，能找到一個不過問我們生活，愛我們的靈魂超過我們的肉體的人，實在不容易。這些條件，我在公爵身上找到了，只可惜公爵是老人，以他的年齡，是不能保護、安慰我什麼的。我只有自己想辦法排遣生活，有什麼辦法呢？我常常煩得要命，好像注定要被毀滅似的。

「這時我遇見了年輕、多情的你，你是我嘈雜而寂寞的生活裡最理想的伴侶。我愛的，並不是過去的你，而是未來的你。誰知道你不肯接受這個地位，還以為它汙穢了你，所以甘願丟棄它。我終於知道，你也不過是一個平凡的情人罷了，你就照別人那樣做吧，拿錢給我，別的就不要提了。」

瑪格麗特說累了，身體倒在沙發上，拿出手帕按在脣上，堵住了一陣輕微的咳嗽，手帕從脣端又抹到眼前。

「原諒我，原諒我！」我低聲說：「我明白了，不過我要聽到妳親口說出來呀，瑪格麗特。讓我們忘記一切吧，我們現在只要記住一件事，就是我們是彼此相屬的，我們都年輕，而且彼此相愛。瑪格麗特，妳要我怎樣就怎樣吧，我已經是妳的奴隸。但是，看在老天爺的分上，撕掉我寫給妳的那封信，不要讓我走，沒有妳，沒有愛情，我真的快要死了！」

瑪格麗特從她的上衣口袋取出信來交給我，臉上帶著一種溫柔的微笑說：

「看，我已經給你帶回來了。」

我撕掉了信，含淚吻著她的手。

這時候敦絲回來了。

「敦絲，妳知道他要求我什麼事情嗎？」瑪格麗特說。

「他要求妳原諒他。」

「沒錯！」

「妳原諒他了嗎？」

「原諒還是得原諒啊，但他還要求別的事呢。」

「什麼事呀？」

「他想和我們一起去吃消夜。」

「妳答應了嗎？」

「妳覺得呢？」

「我覺得你們兩個像孩子一樣，彼此都沒有惡意。只是我的肚子餓死了，妳趕快答應他，我們就可以快點吃消夜了。」

「來吧。」瑪格麗特說：「三個人都坐我的車子好了。」

「喂！」她又說：「娜寧可能已經睡了，待會兒你去開門，帶著我的鑰匙，小心不要再丟掉了呀。」

我抱著瑪格麗特，用力的吻她，她幾乎要窒息了。

我的僕人這時候進來了。

「先生，」他說，一副得意的樣子：「行李已經收拾好了。」

「完全收拾好了？」

「是的，先生。」

「嗯……都解開吧，我不走了。」

XVI、出入賭場

我送了一本《曼農勒斯戈》給她，就在她來找我的第二天。

從此之後，我知道既然不能改變我的情婦的生活，就只有改變我自己的生活，於是我盡量讓自己的腦袋沒有空閒去想別的事，因為只要多想一點，我就會受不了。

我的生活原本樸實而寧靜的，這一來就變得混亂了。不要以為我都不必花錢，鮮花、戲院的包廂票、晚餐、旅行等等，都是情婦需要的，而且這筆花費的數目並不小；而我並不是有錢人。

我的父親只是C城的稅務員，他向來清廉，每年只有四萬法郎的收入。從過去到現在，他陸續償還了以前借的保證金，還為我妹妹預備了一點嫁妝。後來，我的母親死後留下一筆錢，那筆錢每年可以有六千法郎的利息，我的父親就把這筆利息平分給我和妹妹。

我二十一歲時，他又另外加給我每年五千法郎的零用金。對我來說，如果我在司法界或是醫界找一分工作，以每年至少八千法郎的工作收入，在巴黎過日子應該算是很舒服的了。於是我就來到了巴黎，學習法律，考得律師資格，像許多青年一樣，有了文憑以後，就自然的在巴黎定居下來。

我的花費很簡單，也沒有任何債務，這就是我剛認識瑪格麗特時的情況。

但是之後就不一樣了。瑪格麗特嬌生慣養，而且她又是那種以娛樂為生的享樂女子，自然我的花費就越來越多了。此外，她為了要找機會和我在一起，便常常約我共進早餐，但不是在她家裡，而是在巴黎或是附近鄉間的館子裡，我會先去接她，等我們吃完了飯，就一起看戲，晚上又一起吃晚飯。這樣我一天就要用掉一百多法郎，一個月用掉二、三千法郎，我一年的收入只夠三個半月用，因此我必須到處借錢，否則我就必須離開瑪格麗特。不過我什麼都可以接受，就是不能離開她。

既然我離不開瑪格麗特，就必須想辦法來平衡我的收支。愛情已經使我意亂情迷，只要瑪格麗特不在我身邊，就覺得度日如年，我根本無法失去她。

於是我用我一點點資產，去抵借五、六千法郎，拿這些錢去賭博，我想這總是一個發財的機會。賭博，這是從前我想了都會害怕的行為，現在卻成了我愛情生活裡不能缺少的生財之道。有什麼辦法呢！

我平常如果不在昂丹路過夜，而是獨自一個人在家裡，我就無法入睡。嫉妒會使我忽然驚醒，心血沸騰，只有賭錢可以暫時轉移我的注意力。通常我都是賭到瑪格麗特要我去她家的時間為止。時間一到，不管是贏是輸，我一定離開賭桌，並且為那些還留在賭場裡的人惋惜，惋惜他們不懂得追求幸福。

當然，我在賭場上是很冷靜的，我總是量力而為。輸只輸我能力所及的數目，贏只贏我需要的數目。再加上我的手氣很好，所以我幾乎沒欠什麼債。至於瑪格麗特呢，她愛我始終如一，甚至越來越深。

起初我只能在半夜十二點到第二天六點的時間到她家裡去。後來我甚至可以在劇院的包廂裡和她並肩而坐。有時候她也會來和我吃晚飯。還有一天早上，我拖延到八點鐘才走，甚至我曾經有一次留到中午。

瑪格麗特在精神方面的健康並不差，但在肉體上已經很明顯的惡化了。我不斷想辦法替她治病，而瑪格麗特也很聽從我的建議，努力的改掉各種壞習慣。醫生對我說，只有休息與靜養，她才能恢復健康。

我改變她的飲食習慣，幫助她按時上床睡覺。漸漸的，瑪格麗特習慣了這種新生活，並且感受到這樣做的確有益健康。她那教我聽了便心碎的咳嗽，便不再復發。

過了一個半月，伯爵方面已經完全沒有問題，他算是被瑪格麗特拋棄了。只是公爵方面，瑪格麗特還有些顧忌，對他還得隱瞞我和她的關係。因為每當我在瑪格麗特家裡的時候，公爵往往不得其門而入，娜寧只說小姐還在睡覺，而且特別交代了不准吵醒她。

有一天我賭錢贏了一萬多法郎，我算算，這些應該足夠我維持好一陣子。

每年的某個時間是我探望父親和妹妹的時候，那時我的父親和妹妹屢屢來信，催我回去。我絞盡腦汁編寫回信的理由，總說我在外面，一切都好，也不缺錢用，要他們放心。我想雖然遲遲不歸，這些話一定可以使他們稍得安慰的。

不久之後的一個夏天早晨，瑪格麗特突然被強烈的陽光照醒了，跳下床來，問我願不願意帶她到鄉下去玩一天。

我們派人把敦絲叫來，三人同行。瑪格麗特還特別囑咐娜寧對公爵說，她趁著好天氣，找敦絲到鄉下去玩了，所以不在家。

有敦絲同行，老公爵才不會起疑心，況且敦絲這種人好像天生就是旅行良伴。她總是興致高昂，胃口又好，與她同行的伙伴都不會覺得無聊厭煩。

一個半鐘頭以後，我們來到了巴黎近郊的布吉窪。那裡風景秀麗，山巒起伏，有一條河流蜿蜒著，像條印花銀帶似的，環繞著平原，兩岸的白楊與垂柳不時發出柔柔的音調，好像催眠曲一般。

遠處有一幢幢白牆紅瓦的小屋，在陽光的映照下閃閃發光。巴黎遠遠的藏在濃霧裡。敦絲說，這才是真正的鄉下。

我去過許多地方，但是布吉窪的風景卻令我十分難忘。而且，我發現遠離了城市的喧囂，遠離了巴黎那個是非之地，我可以盡情的愛我的情婦。沒有人認識我們，我們不需要再有任何顧忌。

瑪格麗特穿著一襲白色衣衫，斜倚在我的臂膀上，我們在明亮的春光裡漫步，在滿天星斗的夜空下細語，管它巴黎多麼吵嚷，我們的青春與愛情絲毫不受影響。

偶然之間，我們看見一間可愛的兩層樓房子，外面有半圓形的柵欄。穿過柵欄，在房子前面，是一片綠茵草地；房子後面，有一小片樹林，充滿了隱居的神祕氣息。鮮花四處攀緣著，遮住房子前方的階石，一直蔓延到樓上。

我出神的看著這房子，幻想這房子如果是我的那該有多好。我和瑪格麗特可以住在這裡，白天我們在樹林裡漫步，夜間在草地上偎依著。我想著，如果真是這樣，我們就是人間最幸福的人了。

「多美的房子啊！」瑪格麗特對我說，她隨著我的視線望去，或許，她已經猜到我的意思了。

「在哪裡？」敦絲問。

「那邊。」瑪格麗特手指著那房子。

「啊！真不錯。」敦絲接著說：「你們喜歡嗎？」

「很喜歡。」

「那麼！叫公爵給妳租下來呀；我保證他一定會租給妳的。我來負責，如果妳喜歡的話。」

瑪格麗特看看我，好像在問我有什麼意見。我的夢想隨著敦絲最後幾句話突然間停了下來，我猛醒過來。

「這倒是一個好主意。」我說，卻連自己都不知道自己在說什麼。

「那我去辦。」瑪格麗特握著我的手說：「我們現在就去看看那房子是不是要出租。」

那房子是空的，租費要兩千法郎。

「瑪格麗特，讓我來租這房子。」

「你瘋了？這不但不可能，而且還有危險，你應該知道。還是讓我去辦吧，不要再說了。」

我們離開那房子，循著原路回到巴黎，一路上都在談論著我們的新計畫。我抱著瑪格麗特，下車的時候，我知道她心裡已經知道該怎麼做了。

XVII、美好的日子

第二天一早，瑪格麗特在天還沒亮時就催我走，她說今天公爵會來得很早，她答應我等公爵一走，就立刻寫信通知我。

白天，我果然接到瑪格麗特這幾個字。

我和公爵到鄉下去了，今天晚上八點你到敦絲家裡等我。

到了約定的時間，瑪格麗特已經從鄉下回來，在敦絲家裡等我了。

「一切都辦好了。」她一邊走進來一邊說著。

「房子租定了嗎？」敦絲問。

「租定了，他一聽到我的建議，立刻就答應了。」

我並不認識公爵，但是我對這樣欺騙他，感到相當可恥。

「可是還沒有完呢！」瑪格麗特接著說。

「還有什麼呀？」

「亞蒙的住所我也留意到了。」

「在同一個房子裡？」敦絲笑著問。

「不，在另一個地方。在我和公爵用餐的地方。我趁他眺望野景時，問了旅館老闆那附近還有沒有合適的小房子。她說她正好有，那個房子有一間客廳、一間起居室、一間臥房。我想這足夠了。六十法郎一個月，家具陳設都很精緻。我立刻就訂下來了。怎麼樣？我做得不錯吧？」

我緊緊的摟住瑪格麗特，熱情的親吻她。

「這樣好極了。」她接著說：「你可以帶一把小門的鑰匙，我答應給公爵帶一把柵欄門的鑰匙，不過他不會拿的，因為他只有白天才會到那兒。我告訴他我想避開巴黎這個是非圈，他聽了很高興。至少他家人不會再有那麼多閒話。只是他還是很納悶，我過去是那麼喜歡巴黎，如今竟想搬到鄉下去住。我對他說我身體不舒服，到鄉下去是要調養身體的。但他似乎不大相信。這可憐的老頭也許聽過別人說的閒話，所以我們要特別小心，他說不定會派人在那裡監視我呢。不管如何，事情就這樣定了，你高興嗎？」

「當然。」我回答她，雖然我對這一切感到不是滋味，但我依舊隱忍不發。

「我們把整個房子都仔細看過了，住在裡面會非常舒適，公爵樣樣都關心到了。啊，親愛的！」這痴情的女子吻著我，接下去說：「你真有福氣呀，那個百萬富翁在那裡還為你鋪床呢。」

「你們什麼時候搬呢？」敦絲問。

「越快越好呀。」

「你的馬和馬車也帶去嗎？」

「我全部家當都搬過去。我不在的時候，妳替我看房子。」

一星期之後我們搬到鄉下，開始了另一段新生活。

剛開始的前幾天，瑪格麗特還不夠完全放棄她的舊習慣，家裡天天舉行宴會，她所有的女朋友都來看她。第一個月裡，每一天都有十幾個客人來吃飯。敦絲也常帶她的朋友來玩，並且還作東請客，就像在自己家裡一樣。

在這裡一切開銷都是用公爵的錢，但敦絲有時也會向我要一千法郎，她說她是替瑪格麗特要的。我雖然曾經贏了點錢，但我怕瑪格麗特的需要會超過我所有的，因此我又到巴黎去借錢。由於前債已清，所以這次的借款相當順利，於是我身邊又有一萬多法郎了。

公爵通常是在白天來，但他總不願意讓賓客們見到他。但有一天，他本來打算和瑪格麗特一起吃晚飯的，誰知那天有十四、五個女客在那裡吃午飯，直到他來，她們都還沒走。公爵一進門時，只見大家哄堂大笑，那些女子們無禮的取笑他，他在驚訝、失望之餘，只有黯然離去。

瑪格麗特驚覺情況不對，立刻跑了出來，在附近找到了公爵，努力的安慰他，要他原諒剛才的事，但是老人的自尊心已經受到傷害。他向瑪格麗特說，他不願意再供給一個女子瘋狂歡樂的費用了，因為他連在他花錢租來的房子裡，都不能夠受到尊敬。說完，他便忿忿的離去了。

從那天起，瑪格麗特就再也得不到公爵的任何消息了。

瑪格麗特於是辭謝了所有賓客，改變了她的生活習慣。但是公爵還是沒有消息，我倒因此得了好處，我的情婦現在完全屬於我了！我的夢想終於實現了！瑪格麗特再也不必離開我了。她向朋友公開宣布了我們兩個人的關係，而我也在她的別墅裡住了下來。僕人們都稱我為先生，我正式當了這個家的主人。

敦絲對於這個新局面，曾向瑪格麗特勸告了一番。但是她回答說她愛我，她不能離開我，無論發生什麼事，她絕不放棄這樣的幸福，而且還說，要是誰不喜歡，就不必再來。

過了些時候，敦絲又來了。她進門時，我正在園子裡。她們沒有看見我。我在一旁看見瑪格麗特迎了上去。之後我在門口聽到她們的談話。

「怎麼樣？」瑪格麗特問。

「我見到公爵了。」

「他對妳說了什麼？」

「他說那一次的事情，他願意原諒妳，但是他知道妳公開的和亞蒙先生同居，那可是他不能原諒的。他對我說：『叫瑪格麗特離開那小伙子。那麼一切就可以像從前一樣，她要什麼，我就給她什麼，否則她就不應該向我做任何要求。』」

「妳怎麼回答呢？」

「我說讓我去傳話，並且我答應他讓妳聽話。孩子，仔細想想妳失去的，這是亞蒙絕不能給妳的。亞蒙的確是以全副靈魂來愛妳，可是他沒有財富供給妳一切需要，總有一天他會離開妳的，到那個時候就已經太遲了，公爵絕對不會再為妳做什麼了。要不要我去向亞蒙說？」

瑪格麗特思索著，並不回答。我等待她的回應，一顆心幾乎要跳出來。

「不！」她回答了：「我絕不離開亞蒙，也不必隱瞞我和他的事。這也許是件傻事，但是我愛他！有什麼辦法呢？而且他全心全意的愛我，他不能失去我，那會使他非常痛苦的。我的壽命有限，我不願意再自尋煩惱，去迎合一個老頭子的喜好。叫他留著他的錢吧，我還過得去的。」

「但是妳怎麼過活呢？」

「我不知道。」

敦絲可能還想說幾句，但我突然走了進去，奔向瑪格麗特，伏在她的腳下，她的愛使我喜極而泣，我的熱淚沾溼了她的手。

「我的生命是屬於妳的，瑪格麗特。妳不再需要那個人了，我在妳這裡。我怎能拋棄妳呢？妳所給我的幸福，我幾時才還得清啊？我們不再有什麼顧忌了，我的瑪格麗特，我們兩個人相愛就好了！其餘的事跟我們又有什麼關係？」

「啊！是呀，我愛你，亞蒙！」她雙臂環住了我的頸項，低聲的說：「我愛你之深，遠超過我所能想像的。我們以後可以安安靜靜過日子，我們會過得很快樂的，我從此脫離羞恥的生活了。你不會責備我的過去的，對不對？」

我的熱淚已經代替了我的聲音，我只能把瑪格麗特緊擁在我的懷裡。

「妳回去好了，」她回頭對敦絲說：「妳回去把我們的情形向公爵說明白，我們並不需要他。」

從此以後，再也沒有公爵的問題了。瑪格麗特也不再是我從前所認識的女子了。她盡力避免使我回想起她過去生活的一切。我必須這樣說，人世間已經沒有人像她那樣深深愛著我。

她斷絕與那些享樂朋友的來往，改變過去所有的習慣，包括說話的語調和浪費的個性。我們坐著小船出遊時，看見我們的人，絕不會相信這身穿白衫，頭上戴著大草帽子，手臂上搭著樸素披肩的女子就是瑪格麗特，就是四個月前住在巴黎，以奢華淫蕩名噪一時的妓女。

唉！然而我們的歡樂是那樣短促，誰也沒想到這幸福的生活並不長久。

我們有兩個月沒到巴黎去，也沒有一個人來看我們，除了敦絲和瑜莉。我這本動人的札記，就是後來瑪格麗特交給瑜莉的。

我整天都坐在我情人的裙下。我們敞開面向花園的窗子，望著百花齊放的夏景。有時在樹影之下，我們並肩坐著，那樣的快意，是我和瑪格麗特從來沒享受過。

她對所有細小的事物，都像小孩子般好奇，她常在花園裡追逐蝴蝶、蜻蜓，就像是一個十幾歲的小女孩那樣的天真。有時她坐在草地上一整個鐘頭都不動，只是把玩著她剛命名好的小野花。

也就是在這段時間，她常常讀《曼農勒斯戈》。我看到她好幾次在書上做眉批。她老是對我說，如果一個女人愛上一個男人，絕不該做出像曼農那樣的事來。

這段期間，公爵曾經給她寫過兩三次信。她一見是他的筆跡，信也不拆開，就把它交給我。那信裡的措辭有時幾乎叫我流淚。他以為停止供給瑪格麗特的費用，就能夠讓她回頭；等到發覺這個方法不生效的時候，他也不知道該怎麼辦了。後來他又寫信來，像以前一樣，請求瑪格麗特允許他再來看她，他這次什麼都不再要求了。

這些措詞迫切的信我看了之後就撕掉，也不告訴瑪格麗特信裡的內容，當然也不勸她重新接待公爵，雖然我很是憐憫公爵，有時也想勸勸她容許他再來，但是我又怕瑪格麗特以為我是要讓公爵來負擔她的費用，因此我就什麼都不講了。

公爵沒有得到任何回信，後來也就不再寫信來了，而我和瑪格麗特呢，依然過著我們神仙眷侶般的生活。

XVIII、還債

要講我們新生活的細節真的是很困難。這一段生活，說起來都是些天真的小事，對我們兩個人來說或許是很有趣，可是對其他人來說可能一點意義也沒有。

你應該知道，當一個男人愛上一個女人，他會覺得白天的光陰太短促；你也該明白，戀愛中的人在夜裡是多麼的慵懶。愛情，使人忘卻一切，除了自己所深愛的人之外，其餘都變得索然無味。

有時我會後悔自己曾經在別的女人身上用過心，因而屢屢對自己發誓說，除了現在手裡握著的這一雙纖纖玉手外，絕不再想別的女人了。我完全不想工作，也不想去追念往事，總之我只想專心一意的愛瑪格麗特。

我每天在我的情人身上發現不同的美麗，得到不同的愉悅，對我來說，已經是非常滿足。

每當日落黃昏之際，我們時常坐在房子後面的小樹林裡，聽著天籟般的自然樂音，兩人都想著不久我們又可以相擁入眠，直到天明。有些時候我們睡一整天，連陽光都不讓它透進屋裡來，幔子嚴密的遮閉著，外面的世界對我們而言，儼然已經停止了。只有娜寧一個人可以來開我們的房門，不過只限於送飲食給我們的時候。我們在床上吃東西，一邊笑鬧一邊玩耍。吃完了，我們又躺下來再睡，我們沉緬於濃情蜜意的世界，就像潛水的人一樣，只有換氣的時候才會重出水面。

但有時候，我會見到瑪格麗特暗自流淚。

我問她為什麼難過，她回答我說：「我們的愛情不是普通的愛情，親愛的亞蒙，你現在愛我，就好像我從來沒有愛過別人似的，我只怕將來你會後悔曾經愛我，你會想起我以前的罪過，使我重墮風塵。但你想想，現在我嘗了這新生活的滋味，要我再回去過那種舊生活，我一定會送命的。亞蒙，對我說，你永不離開我。」

「我對妳發誓，我永遠不離開妳。」

她看著我，好像想從我的目光裡看出我是否真有誠意。然後她倒在我的懷裡，把頭靠在我的胸口說：「你不知道我對你的愛有多深啊！」

有一天晚上，我們依偎在窗臺的欄杆上，看著月亮慢慢的從雲中走了出來，聽見西風撼動樹枝所發出的蕭瑟聲。我們手握著手，好一會兒沒有說話，瑪格麗特先打破寂靜說：

「冬天到了，我們該走了吧？」

「到哪裡去呢？」

「到義大利去。」

「妳厭煩這裡的生活嗎？」

「不，我怕過冬天，我更怕回巴黎去。」

「為什麼？」

「原因很多。」

她不告訴我害怕的原因，突然接著說下去：

「你願意不願意走呀？我把我所有的東西都賣了，我們到那裡去生活，讓過去的都過去。你願不願意？」

「妳如果喜歡這樣，那我們就去，瑪格麗特。但是為什麼要將妳所擁有的一切都賣掉呢？等妳回來的時候，妳還是可以擁有這些東西啊。我雖然沒有很多錢讓我們在義大利長住，但旅行個五、六個月還是沒問題的。」

「那我們還是不要去好了。」她一面說，一面離開窗臺，走進房裡，坐在暗處的沙發上，又說：「何必到那裡去花錢呢？我在這裡，已經夠讓你累的了。」

「妳怪我為妳花錢嗎？瑪格麗特，妳這樣說就不對了。」

「對不起，」她向我伸出手說：「這又風又雨的天氣，叫我不舒服，我只是隨便說說而已。」

她吻了我，之後就墜入長時間的沉思了。

這樣的情形發生過好幾次，雖然我不知道她在想什麼，但是我看得出瑪格麗特對未來有些不安。

敦絲也不大來了，只是偶爾寫信來，那些信每次都教瑪格麗特更發愁，不過我仍然沒有要求看信。一切只是憑空想像罷了。

有一天，瑪格麗特在房裡，我走進去，她正在寫信。

「妳給誰寫信？」我問她。

「給敦絲。要不要念給你聽聽？」

我最討厭猜疑，所以我就回答瑪格麗特說：「我不需要知道妳寫些什麼。」

然而我敢斷定，那封信一定能告訴我瑪格麗特發愁的原因。

第二天，天氣非常晴朗，瑪格麗特提議我們乘船出遊。她整天看起來都非常高興。等我們回到家時已經五點鐘了。

「敦絲來過了。」娜寧看見我們進門的時候說。

「回去了嗎？」瑪格麗特問。

「回去了，坐了小姐的車子回去的。她說事情說定了。」

「很好。」瑪格麗特興奮的說：「我們吃飯吧。」

兩天之後，瑪格麗特接到一封敦絲的信，她看了之後，大約有半個月的時間，她不再那麼憂鬱了。

只是我不解那輛馬車為什麼一直沒有送回來。

「敦絲怎麼還不還妳馬車呀？」

「兩匹馬裡有一匹病了；車子也要修理。趁我們在這裡趕緊把它弄好，反正我們在這裡也用不著車子，省得以後回到巴黎還得再修。」

過了幾天，敦絲又來看我們，還提生病的馬和要修理的馬車，證實了瑪格麗特說的話不假。只是她們兩個人在園裡散步時，我一介入，她們就立刻轉換話題。晚上，敦絲要回去的時候，跟我們說天氣真冷，便要瑪格麗特借一件披肩給她。

就這樣又過了一個月。這一個月，瑪格麗特特別快樂、特別多情。然而馬車還是沒回來，喀什米爾披肩也沒有還來，這種種事情使我疑心，於是我想去看看敦絲給瑪格麗特的信。

一天，我趁她在園裡的時候，想辦法去開那個裝信的抽屜，但是沒有成功，抽屜緊緊的鎖著。於是我就去翻她平時放珠寶首飾的抽屜。誰知我一打開抽屜，裡面什麼也沒有，首飾盒不見了。

一種銳利的恐懼，立刻攫住我的心。我想去追問瑪格麗特事實的真相，但她一定是什麼也不肯說的。

「親愛的瑪格麗特，」我只對她這樣說：「我想到巴黎去一趟。我家人不曉得我在什麼地方，恐怕有我爸爸的來信，他一定在掛念我，我得回信給他。」

「好呀，」她說，「可是要早點回來。」

我很快就動身了。

一到巴黎，我立刻就到敦絲家裡。

「喂，」我直截了當的說：「老實告訴我，瑪格麗特的馬車到哪裡去了？」

「賣了。」

「披肩呢？」

「也賣了。」

「鑽石呢？」

「當了。」

「誰去賣、誰去當的呀？」

「我。」

「為什麼不通知我一聲？」

「瑪格麗特不許我告訴你。」

「妳為什麼不向我要呢？」

「因為她不願意。」

「那這些錢到哪裡去了？」

「還債！」

「她還欠很多債嗎？」

「還有三萬法郎。我早就對你說過了，你不肯聽我的話。好了，現在你服氣了吧？那些債本來公爵是願意負責的。但是後來我去要錢，卻被拒絕了，第二天公爵就寫信來說，瑪格麗特小姐的事，他以後一概不管了。瑪格麗特沒有辦法，又不願意向你要，所以她只好賣了她的馬和披肩，又把首飾給當了。你要不要看看買主的收據和當鋪的當票？」

敦絲打開一只抽屜，取出那些票據給我看。

「啊！你以為，」她接著說，似乎很神氣的樣子：「只要兩情相悅，到鄉下去過夢一樣的生活，事情就解決了嗎？算了吧，不行的。現實生活就是這麼殘酷，瑪格麗特始終都以誠心待你，那是因為她是一個特別的女子。我勸過她，可是她不聽我的話，她說她愛你，她絕對不騙你，這樣做很浪漫，也很有詩意，可是這樣下去誰來還債呀？現在她還要三萬法郎才能過得去啊，我再說一次，三萬法郎！」

「好，這筆錢我幫她還。」

「你去借啊？」

「我去借。」

「別開玩笑了，三萬法郎不是一朝一夕借得到的。聽我的話吧，親愛的亞蒙，我比你更了解女人，不要這樣入迷，總有一天你會後悔的，理智一點。我並不是要你離開瑪格麗特，我只是說暫時讓她先回到以前的生活。公爵會來找她的，N伯爵也會願意幫她還債，每個月還可以供應她四、五千法郎。他一年有二十萬的收入呢！這樣做她畢竟還能富裕的生活，至於你呢，你最後還是要離開她的，不要等到你破產了再這樣做。尤其是N伯爵那個傻瓜，他不會妨礙你繼續做瑪格麗特的情人的。

「聽我的，沒錯，她剛開始一定會很傷心，但慢慢的就又會習慣了。這原本就屬於她的生活，總有一天，她還會感謝你這樣做呢！」

敦絲這番話說得可真有理呀。

「是這個樣子的。」她接著說，一面收起那些票據：「做我們這行的女人，絕不會把真情給客人的，要不然她們就賺不到錢了。要知道，她們到三十歲以後，就沒有什麼價值了。想想從以前到現在，你已經四、五個月單獨和她在一起了，夠本了，現在只要你睜一隻眼、閉一隻眼就好，讓她在這個冬天賺一點錢，到了明年夏天，你們還是可以去過夢一樣的生活，你說我這個建議不錯吧？」

敦絲似乎對自己的見解很得意，但我卻憤怒的拒絕了。

的。

我的愛情和我的尊嚴都不容許我這樣做，而且我確信瑪格麗特寧死也不會接受那種辦法

「妳說夠了沒有？」我對敦絲說：「瑪格麗特到底要還多少錢？」

「我跟你說過了，三萬多法郎。」

「期限多久？」

「兩個月。」

「我去籌錢。」

敦絲聳聳肩。

「我會把錢交給妳的。」我接著說：「可是妳要對我發誓，絕不可以告訴瑪格麗特是我把錢給妳的。」

「你放心好了。」

「如果她再拿別的東西讓妳當或賣，來通知我。」

「你放心吧，她什麼都沒有了。」

我先回到我住的地方，看看有沒有父親的來信。果然有四封信。

XIX、不祥的預感

父親在前三封信裡，問我為什麼一直沒有消息。最後一封信裡，說他已經知道我的生活改變了，並且通知我，不久後他會到巴黎來一趟。

我向來非常敬愛我的父親。看完信之後，我就回信因說為我出去旅行，所以很久沒有回信，並詢問父親到巴黎的日期，我好去接他。

我把鄉下的住址，告訴了僕人，囑咐他一接到C城郵戳的信，就送來給我，然後我就回鄉下去了。

瑪格麗特尹在花園門口等我。她的目光顯出焦慮的樣子。一見到我，她跑上前來緊緊抱住我，問道：「你見到敦絲沒有？」

「沒有。」

「那你為什麼在巴黎待那麼久？」

「我接到四封爸爸的來信，所以不得不寫回信。」

過了一會，娜寧喘著氣跑進來。瑪格麗特走去和她低聲的說了幾句話，娜寧出去之後，瑪格麗特重新坐下，握著我的手說：

「你為什麼要騙我？你到敦絲家去了。」

「誰說的？」

「娜寧。」

「她怎麼知道？」

「她跟著你去的。」

「妳叫她跟蹤我？」

「是呀，我想你總是有重要的事，才會到巴黎去的，你這四個月從來沒有離開過我。我怕你會遇到什麼不幸的事，或者去看別的女人。」

「妳真像小孩！」

「我現在放心了，我知道你做的事了，不過我不知道你聽見了些什麼話。」

我將父親的來信給她看。

「我並不是問這個，我要知道的是你為什麼要到敦絲家裡去。」

「去看看她。」

「你說謊。」

「我去問問她，妳的馬車修好了沒有，還有妳的披肩和首飾，她還要不要用。」

瑪格麗特的臉立刻紅了，但是並不答話。

「因此，」我接著說下去：「我知道馬車、披肩還有鑽石做什麼用了。」

「你怪我嗎？」

「我怪妳不向我開口。」

「以我們這種關係，我如果還有一點骨氣，就應該犧牲一切，不向你要錢，不然我們的愛情就會被汙染了。你是愛我的，我相信，但是你不知道我的愛情有多麼脆弱。敦絲真是多話。我要馬車做什麼呀？我賣了它正好省錢呀！我沒有馬車，也一樣過活啊，只要你專心愛我，就算沒有馬車，沒有披肩，沒有鑽石，你也一樣愛我，對不對？」

我聽到這話，禁不住流出淚來。

「不過，親愛的瑪格麗特，」我激動的握著她的手說：「我知道妳為我所做的犧牲，心裡很難過。」

「為什麼要難過呢？」

「我不希望妳因為愛我而失去首飾、馬車和披肩，那樣在妳煩惱的時候，妳也許會想，今天妳如果跟了別人，就不至於到了這種地步了。放心，幾天之內，妳的馬車、披肩和首飾都會還回來的，我知道這些東西對妳來說，就像空氣對生命一樣，是必需的，因為，也許妳聽了好笑，我覺得妳戴上那些首飾比妳不戴的時候更美。」

「那你現在比較不愛我囉？」

「妳胡說！」

「你如果愛我，就要聽我的，照我的意思來愛我，可是你卻始終認為我是一個喜歡奢華的女人。其實，我這樣做是希望你快樂，我也要你有一天怨我時，沒有別的藉口。」說著，她站起來：「如果你還不能了解我的意思，那我們分手好了！」

「為什麼？瑪格麗特，有誰能分散我們？」我高聲的說。

「是你，你不明白我的用心，你總是堅持自己的想法，卻不知道我對你的愛情是不計一切代價的，而且我對你的財產毫無興趣。你以為我的幸福是因為有馬車、有首飾嗎？並不是這樣子的。再說，就算你變賣了你的財產去替我還債，又供應我一切所需，那又能維持多久？兩、三個月之後，錢用完了，你還是得靠我，可是，那對你來說，多沒面子呀。現在我還有萬把法郎，這個數目夠我們生活的了。我把我多餘的東西賣掉，我們去租一間比這兒小一點的房子。夏天，我們還是可以到這裡來玩。這樣一來，你無牽無掛，我自由自在。看在老天的分上，亞蒙，不要再讓我回到從前的生活。」

我無話可說，感動得流下淚來，緊緊的抱住瑪格麗特。

「我本來想，」她又說：「不跟你說，就把一切安排妥當，還清了我的債，布置好一個新家，等十月我們一起回巴黎。你覺得這樣好不好呢？」

我怎能說不？我只有熱烈的吻她的手說：「一切依妳就是了。」

她聽了，高興得手舞足蹈。我們商量著未來的新家要選在哪裡，要如何布置。她對於這個計畫充滿了希望，因為從此我們兩人便能真正的結合了。

至於我自己，我想把母親遺留下來的那分利息，完全交給瑪格麗特，以彌補她的損失。至於父親每年給我的那五千法郎，我想應該足夠我們兩人花用。但我並沒有立刻把這個想法告訴瑪格麗特，我想她一定會拒絕的。

我母親那筆利息是當時抵押一間房子而得來的，共有六萬法郎，每年結算利息，利息都由我父親的經紀人按時給我。

我和瑪格麗特到巴黎去找房子那天，我單獨先到那個經紀人家裡去，我問他如果我要轉移這筆利息給別人，該有些什麼手續。

他問我為什麼要這樣做，我就把實情告訴了他。他聽了以後，並沒有反對（以他的地位，本來是可以反對的），並且答應盡力替我去辦。

我叮嚀他千萬不能告訴我父親，他也答應了。

之後我和瑪格麗特去找房子。我們看過的房子，瑪格麗特都嫌太貴，而我則嫌太簡陋。最後我們在一個僻靜的地方找到一間小房子，房子前面還有一個小花園，感覺很典雅。這實在是超過我們所想的。

我們快樂的回到布吉窪去，一路上繼續談著我們未來無憂無慮的計畫，我們相愛至深，我們的未來充滿光明。

一個禮拜後的某一天，我們正在吃午飯，娜寧來說我的僕人想見我。於是我叫他進來。

「先生，」他對我說：「您的父親到巴黎來了，他要您立刻回去，他在巴黎等您。」

這個消息本來是很平常的，可是我和瑪格麗特聽了以後竟愣住了，我們似乎覺得有什災禍即將來臨。

我們都沒有說什麼，我只是握住她的手說：「不必擔心，沒事的。」

「盡快回來呀！」瑪格麗特吻著我低聲的說，「我會天天等你的。」

我叫僕人先回去告訴父親說，我立刻就到。

兩個鐘頭以後，我回到了巴黎。

XX、父親的出現

父親穿著睡衣，正坐在客廳裡寫信。

從我走進來時他看我的眼神，我就知道一定有什麼嚴重的事情發生了。

但我還是裝作若無其事的走過去問候他：「爸爸，您什麼時候到的？」

「昨天晚上。」

「對不起，我沒去接您。」

說完這句話，我就等著父親的訓話。

可是他一句話也沒說，只是默默的把剛剛寫好的信封了起來，交給僕人送到郵局去寄。

屋子裡只剩下我們兩個人，父親站起身來，倚著著壁爐對我說：

「親愛的亞蒙，我有重要的事要跟你談一談。」

「什麼事啊?爸爸。」

「你答應我，你一定要說實話。」

「我向來都說實話的！」

「真是這樣嗎？我聽說你和一個叫瑪格麗特的女人同居！」

「是的。」

「你知道這個女人從前是什麼樣的人嗎？」

「她是一個妓女。」

「是的，我承認。」

「就是為了這個女人，你連回家看看老爸和妹妹都忘了，是嗎？」

「你很愛她？」

「是的。」

我的父親完全沒有想我會這麼坦白，他沉思了一陣，然後說：

「你應該知道你不能這樣下去。」

「我是想過這件事。」

「你應該知道，」我的父親繼續說，音調變得強硬：「我是不會答應你這樣做的。」

「我想，只要我做的事，不妨礙到我們家族的名聲，我覺得沒有什麼不可以。」

愛情使我勇於反抗，為了保護瑪格麗特，我已經準備好要反抗一初，甚至於要反抗我的父親。

「該做個了斷了。」父親斬釘截鐵的說著。

「啊！為什麼？」

「因為你丟光了我們家族的臉。」

「我不懂您的意思。」

「好，我說清楚一點，你有一個情婦，我不反對；你在供養一個妓女，就像巴黎上流社會人士一般的玩樂，那也沒什麼。

「可是你有沒有想過？你做的這些醜事都會傳到我們家鄉，全家人會因為你而蒙羞啊！」

「請您讓我向您解釋，爸爸，這個向你打小報告的人一定弄錯了。我是那女子的情人沒錯，我和她住在一起，也沒錯。但我為她花的錢，也只是在收入範圍內，我並沒有欠債啊！」

「兒子，我的人生經驗比你豐富啊，除了正正當當的女人，你不可能得到真正純潔的愛情，你必須離開她。」

「我很抱歉，這件事我不能聽您的話，爸爸，這是不可能的事。」

「你必須聽我的話。」

「爸爸，我不會離開瑪格麗特的，她到哪裡，我就要跟到哪裡，因為離開她，我是無法得到幸福的。」

「來，亞蒙，看看爸爸，我一直都是愛你的，我也希望你幸福。但是，和一個大家都玩過的女人在一起很光榮嗎？」

「這又怎麼樣？爸爸，只要不再有人玩她，她能改過，還有她也愛我，這又怎麼樣？」

「喂！兒子，難道你要花一輩子的心力來勸一個妓女回頭嗎？好好想想，不要等到你四十歲的時候，才來後悔今天講的話。

「你以後會笑你自己太感情用事。不如趁現在還可挽救的時候，趕快離開她吧！和我一起回家，安靜的休養一、兩個月，親情很快就會治好你的病的，這只是一場病呀！

「你離開以後，你的情婦自己會想通的，她會另外再找一個情人，以後你就會明白你今天是為了怎樣的女人，差點傷了你老爸的心。來吧，和我一起回去吧，亞蒙！」

我覺得父親的一番話，對別的女人也許有理，但瑪格麗特絕對不是那樣的。只是他最後幾句話的口氣是那麼懇切，所以我一個字也不敢回答。

「爸爸，我不能答應您，」我終於說了：「您要我做的事，我做不到。瑪格麗特並不是您所想像的那種女子，我和她的愛情，不但沒有使我走錯路，相反的，那愛情激發出我最真誠的情感。

「真正的愛情會使人上進，無論喚醒它的是怎樣的女人。如果您認識瑪格麗特，您就會明白我所說的。」

「好，那你倒是說說，為什麼要把你媽媽留給你的六萬法郎給她？」

「誰跟你說的？」

「我的經紀人。我不能讓你為了一個妓女把家產敗光，所以我親自到巴黎來。」

「我對您發誓，爸爸，瑪格麗特並不知道這件事。」

「那你為什麼要這麼做呢？」

「那是因為瑪格麗特為了和我同居，她犧牲了她所有的一切。」

「你也就接受了這種犧牲？那你算什麼？要讓一個妓女為你犧牲？走吧，夠了！你現在必須離開那個女人，剛才我是請求你，現在我是命令你。我可不願意我的家裡搞出這種骯髒事。

「收拾行李，跟我一起走。」

「請您原諒我，爸爸，」我說：「我不能走！」

「為什麼？」

「因為我已經長大了，我不想再聽您的命令了！」

聽完這兩句話，我的父親臉上立刻發白。

「好，」他說：「我知道我該怎麼做了。」

他按鈴叫僕人進來。

「把我的行李搬到巴黎旅館去。」父親對僕人說。說完，走進他的房間，換了衣裳。

他再走出來時，我走到他面前說：

「請您答應我，爸爸，千萬不要為難瑪格麗特。」

父親輕蔑的看著我，冷冷的說：「我想你是瘋了！」

說完，他走出門，狠狠的把門帶上。

父親的強硬態度並沒有影響我和瑪格麗特在一起的決心。

我也走下樓，雇了一輛小馬車回布吉窪去。

我到的時候，看見瑪格麗特正坐在窗前等我。

XXI、瑪格麗特的心事

「啊！你回來了！」她叫著，跑過來抱住我說：「你看你，臉色這麼蒼白！」

於是我向她提起我和父親爭執的經過。

「啊，我真的好擔心。當你的僕人來向我們報告你爸爸來了的消息時，我就全身發抖，好像有什麼不幸的事情要發生。唉，我知道你所受的苦都是因我而起的，也許你離開我，會比跟你的爸爸鬧翻了要好吧。

「只是我一點也沒有冒犯他呀，我們安安靜靜，守本分的過日子。他應該知道你需要一個愛人，而你的愛人就是我呀，因為一來我愛你，再來我要的是你，而不是你的財產。你跟他說了我們將來的計畫沒有？」

「說了呀，也就是這一點激怒了他，因為他知道我們彼此相愛。」

「那怎麼辦呢？」

「我們還是住在一起呀，親愛的瑪格麗特，讓這一陣風暴過去就好了。」

「它會過去嗎?」

「總得要過去的。」

「但是你的爸爸不會就此罷休的。」

「你以為他能怎麼樣?」

「我怎麼知道啊?凡是一個爸爸能夠做的,他都會去做到的。他會對你提起我的過去,也許還會編造故事叫你拋棄我。」

「不對!瑪格麗特,我會說服他的。這是他的朋友們愛講閒話。但是他絕對是一個善良的人,是一個講理的人,他會改變對妳的印象的。就算他不改變,也沒有什麼關係。」

「不要這樣說啊,亞蒙。我寧願失去一切,也不希望你和你的家人鬧翻。你明天還是回巴黎去吧,你的爸爸會思考這一切的,也許你們明天就能彼此了解了。不過不要和他作對,不要太顧念我,我想他會讓我們繼續在一起的。還有,不論發生什麼事,你都要記住,瑪格麗特永遠是屬於你的。」

「妳對我發誓。」

「我的愛還用得著發誓嗎?」

多麼動人的深情表白啊！我和瑪格麗特兩個人開始研究將來的計畫，雖然我們都有著不祥的預兆。

第二天早上十點鐘，我就動身前往巴黎，接近中午時分便到了旅館。但父親已經出門了。我回到我原來的住處，希望在那裡可以見到他，但一個人也沒有。我又到父親的經紀人那裡走了一圈，仍然沒找到他！我再回到旅館，一直到六點鐘，父親仍舊沒有回來。我只好回布吉窪。

我發現瑪格麗特並沒有像前一天那樣等我，她坐在火爐邊，天氣已經漸漸涼了，需要生火了。她靜靜的沉思著，直到我靠近她，她都沒有發覺，也沒有回頭。我在她的額前一吻的時候，她才一陣發抖，忽然驚醒。

「嚇我一跳。」她說：「嗯，你爸爸呢？」

「我沒有看見他。我不知道怎麼辦，到處都找不到他。」

「好吧，明天再去找好了。」

「我想，讓他來找我好了。」

「不行，不可以，你一定要再去看你爸爸，尤其是明天，一定要去。」

「為什麼『尤其』是明天？」

「因為，」瑪格麗特結巴的說著，她臉上稍稍泛紅：「因為這樣更可以顯出你的堅定，我們也就可以更早得到他的諒解了。」

這一天當中，瑪格麗特總是心神不寧，常常發愁。我對她說的話，總要說個兩遍才行。我知道她的心事一定起因於這兩天來突然發生的事，她擔心我們兩人的未來。我一直勸她放心，第二天一早，她催我動身時，像有一種說不出來的不安。

我到了巴黎，父親還是不在，但他出門時留下一封信：

假使你今天再來看我，等我到四點鐘，如果四點鐘我還沒回來，那麼明天來和我一起吃晚餐，我有話要和你說。

我一直等到約定的時間，父親仍沒有回來，我只得又回布吉窪。

前一天，我看見的瑪格麗特是充滿憂愁的，但這一天她突然變得熱情激烈起來。她一見我回來，就跑過來抱住我，可是不一會兒又在我肩上哭了起來。她越哭越悲傷，我非常擔心，問她原因，她又什麼都不講。

等到她情緒稍微平靜時，我拿父親的信給她看，誰知她看了之後，哭得更傷心了，急得我喊娜寧來幫忙。我們把她扶到床上，她哭得一句話也說不出來，只握住我的雙手，不斷的吻著。

我問娜寧，是不是我不在的時候，她收到了什麼信，或有誰來過，但她都說沒有。

但是我相信昨天一定發生了什麼事，瑪格麗特越是隱瞞我，我就越不安。

到了晚上，她安靜多了，她要我坐在床頭，反覆的告訴我她對我的愛，之後又嫣然一笑。不過無論她怎樣強顏歡笑，她的眼裡總是充滿了淚水。

我用盡方法想使她說出痛苦的真正原因，但是固執的她還是不肯說，後來她就在我的肩上睡著了。

半夜，她不時驚醒、尖叫，等到她確定我在她身邊以後，她就要我發誓永遠愛她。看著她近乎瘋狂的舉動，我一點也不知道她為什麼那麼痛苦，等到快天亮的時候，瑪格麗特才進入一種半眠的狀態。

將近十一點鐘，瑪格麗特醒了，看見我已經起床，她向四周看了一下，喊道：

「你要走了嗎?」

「四點才走。」

「那四點鐘以前你都可以陪我,是嗎?」

「是啊,我們不是一向都這樣嗎?」

「我好高興啊!我們吃中飯去吧。」她心不在焉的又說了一句。

「沒問題。」

「還有,抱著我,一直到你走的時候,好不好?」

「好。別擔心,我很快就回來。」

「你真的會回來嗎?」她說,雙眼注視著我。

「當然呀。」

「啊!是的,你今天晚上會回來的。我呢,我會等你,就像平常一樣,你還是愛我的,對不對?我們還是像我們剛認識的時候那樣幸福的。」

這些話,又零碎又凌亂,話裡彷彿藏著一種痛苦的暗示,那暗示使我驚恐,害怕瑪格麗特會發瘋。

「妳病了，我不能放下妳這就樣走掉。我去寫一封信給爸爸，請他不要等我。」

「不行！不行！」她突然叫喊起來：「不要這樣做，那樣你爸爸更會怪我攔阻了你，不行，不行，你一定要去，一定要去！再說，我並沒有病呀，我身體非常好。我只是做了一個惡夢，到現在還沒有完全醒過來而已。」

從那之後，瑪格麗特刻意顯出高興的樣子，她也不再哭了。

約定的時間到了，我該走了，我吻著她，問她是否願意陪我到車站去，我希望散步可以使她寬寬心，而且換換空氣也有益健康，當然，我更希望能和她在一起。

她答應了，披上一件披肩，陪著我一起走。在車站我一直掙扎著，我不想去，起碼有二十次我想回頭。但是我唯恐再次觸怒父親，終於還是上車了。

「晚上見！」分別時我向瑪格麗特說，但是她不答話。

我記得以前有過一次，她也不答話，那是G伯爵留在她家裡的那一夜，那是很久很久以前的事了，那已經從我的記憶裡消失了，但這時我只是擔心，我絕對想不到瑪格麗特會欺騙我。

到了巴黎，我跑到敦絲家裡，我想請她去看看瑪格麗特，希望她開朗的個性可以幫助瑪格麗特。

「呀！」她說，神色顯得有些不安：「瑪格麗特沒和你一起來嗎？」

「沒有。」

「她怎麼了？」

「她有些不舒服。」

「她是不是不來了？」

「妳在等她嗎？」

敦絲臉紅了，帶著一種忸怩的神色答說：「我的意思是說，既然你回巴黎來了，她是不是也跟著你來了？」

「她不來。」

我看著敦絲，她低下頭，我從她的神色上看得出來，她似乎怕我在她那裡待太久。

「我是來請妳幫忙，親愛的敦絲，今天晚上如果妳有空，去看看瑪格麗特吧，請妳陪陪她，就在那兒過夜。我從來沒有看見她像今天這樣，我擔心她病了。」

「我和人約好了在城裡吃晚飯，」敦絲說：「所以今天晚上我不能去看瑪格麗特，不過明天我可以去。」

我向敦絲告辭，我覺得她和瑪格麗特一樣心裡有事。

我到父親那裡，他仔細的觀察我，然後向我伸出手來說：

「你兩趟來看我，讓我很高興，亞蒙，希望你已經考慮過了，就像我也考慮過了一樣。」

「爸爸，您考慮的結果怎麼樣？」

「結果是，我覺得我把這件事看得太嚴重了，所以，我決定和緩的處理這件事。」

「您說什麼呀！爸爸！」我興奮的喊叫。

「我說，親愛的孩子，年輕人總是會有個愛人什麼的，而且我寧願你是瑪格麗特小姐的情人，因為她比任何一個女人都還要好。」

「我最親愛的老爸，我真高興啊！」

我們聊了好一會，隨後就坐下來吃飯，整個晚餐的時間，父親都是那麼和藹可親。

我希望趕快回去告訴瑪格麗特這個好消息，所以我一直在看鐘。

「你在趕時間嗎？」父親說道：「看你這麼著急，唉，亞蒙！你寧願犧牲親情來換取愛情嗎？」

「不要這麼說，老爸！真的，瑪格麗特非常愛我。」

父親並不答話，他的神色既不像懷疑，也不像相信。

他一直勸我第二天再走，可是我一直想著，我離開時，瑪格麗特還在生病呀，我對父親說了這件事，請他准我明天一早就回去看她。

第二天，天氣非常晴朗，父親陪我到車站。我從來沒有這麼快活過，前途光明，一片好景，這是我期盼已久的。那個時刻，我特別愛我的父親。

我要離開他的那一刻，他還是要求我留下，我拒絕了。

「你真的很愛她嗎？」他問我。

「發瘋似的愛呢！」

「那麼你就走吧！」他隨即舉手抹過額前，好像要驅除一種什麼念頭似的。後來又張嘴好像要說什麼，但終究只是握握我的手，對我說：

「那麼明天見吧！」

XXII、分手信

我覺得火車開得好慢，好像一直不動似的。

十一點鐘，我終於回到了布吉窪。

房子裡沒有一個窗戶是亮的，我按了門鈴，也沒有一個人來應門。這種情形還是第一次發生。後來有個園丁出來開門，我走了進去，娜寧才提著燈來迎接我。我走到瑪格麗特的房間，問道：

「小姐在哪裡？」

「小姐到巴黎去了。」娜寧答說。

「到巴黎去了？」

「是的，先生。」

「什麼時候？」

「你走了一個鐘頭之後。」

「她有沒有留給我什麼訊息？」

「什麼也沒有。」

娜寧安靜走開了。

我想瑪格麗特也許懷疑我吧，所以到巴黎去打聽我對她說的話是不是藉口。再不然，也許敦絲有什麼重要的事，寫信要她去。但是我在巴黎看見敦絲的時候，她也沒提起什麼呀。種種疑慮一起湧上心頭。

瑪格麗特為什麼一直堅持要我去巴黎，但當我要留下來陪她時，她似乎又很高興。難道我中了什麼圈套了嗎？瑪格麗特會騙我嗎？還是她趁我不在，偷溜出去，卻又被偶然的事給留住了？為什麼她什麼話都不對娜寧講，又為什麼她什麼話都沒留給我？這究竟是怎麼一回事？

夜，漸漸深了，瑪格麗特還是沒有回來。

我的心越發不安，深怕她發生了什麼事。受了傷、生了病，或者……死了！會不會突然有人送信來，跟我說什麼可怕的變故？我一直陷在這種種憂疑之中，整夜都沒睡。

一個鐘頭過去了，我想再等一個鐘頭，兩點鐘一到，瑪格麗特如果還不回來，我就要到巴黎去找她。在這焦急的等待中，我隨便找本書看看。《曼農勒斯戈》正攤開在桌上，裡面好幾頁都有淚水浸溼的樣子。翻了幾頁以後，我又把它闔上。

時鐘緩慢的走著，天空黑雲密布，一陣秋雨擊打著窗子，空洞的床對著我，好像一座墳墓。我開始害怕起來了。

我打開窗戶，側耳傾聽，路上沒有一輛車子經過，只聽見蕭蕭的風聲和教堂的鐘聲。有一種可怕的預感此刻襲上心頭，感覺好像有什麼災禍已經來臨。

兩點了，我還在等待。只有時鐘單調而有規律的音響打破此時的沉寂。

最後我離開這充滿孤寂憂愁的房間，到隔壁房間去，看見娜寧趴在她的針線籃上睡著了。開門的聲音使她驚醒，她問我女主人是否已經回來。

「還沒有，不過，如果她回來了，請妳告訴她，說我等不及，我到巴黎去找她了。」

「這時候？」

「是的。」

「可是你找不到車子呀？」

「我走路去。」

「外頭正下著雨呢！」

「有什麼關係?不會有危險的，明天見。」

拿著昂丹路房子的鑰匙，和娜寧道別之後，我就出門了。

剛開始我努力的跑，但因為地上被雨淋溼，跑起來加倍費力，所以跑了半個鐘頭之後，我就不得不停下來，全身都被汗水與雨水溼透了。換了一口氣，我繼續向前走著。夜色那麼黑暗，我有時真怕會撞到路邊的大樹，它們看起來就像高大的魔鬼向我奔來。

天亮的時候，我才走到巴黎，那時路上沒有一個人，就像一座死城一般。

我走到昂丹路，來到瑪格麗特家裡的時候，正好是五點。

我和守門人打了招呼以後就進去了。我並沒有問他女主人在不在，只是因為我想保留一點希望。

我在門前傾聽著，想聽出一點什麼聲音來。可是什麼也沒有。鄉村的沉靜彷彿隨著我的步伐延伸到這裡來了。

所有的窗簾都密密的遮蔽著，我進了餐廳，又到臥室去，我奔向床前，但床上卻是空的！

每一扇門我都打開了，每一間房間我都看過了，一個人也沒有。

這簡直叫我發瘋。

我又走進梳妝間，推開窗戶，一再呼喚敦絲，但她的窗子也是關閉的。

我於是走下樓去問看門人，瑪格麗特是否回來過。

「是的，」這個人說：「和敦絲一起。」

「她什麼都沒說？」

「沒有。」

「你知道後來她們怎麼樣？」

「她們坐上一輛車子走了。」

「什麼樣的車子？」

「一輛自用的四輪馬車。」

這到底是怎麼回事呢？

我按了隔壁房子的門鈴。

看門人開門後，說：「敦絲不在。」

「你確定？」

「是啊，先生，這裡還有一封信，昨晚有人送來的，我還沒轉交呢。」

看門人拿出一封信給我看，我的眼睛機械式的望了望，我認出那是瑪格麗特的筆跡。我接了過來。信封寫著：

交敦絲女士，轉杜瓦先生。

「這封信是給我的。」我對看門人說，一邊指著上面的字。

「您就是杜瓦先生？」這個人說。

「是的。」

「呀！我認識您，您以前常常到敦絲太太家裡去的。」

走回街上我就拆開那信，一時有如晴天霹靂般，使我站立不住。

當你讀著這封信的時候，亞蒙，我已經是別人的愛人了。我們之間的一切，都已經結束了。

回到你爸爸的身邊去吧。亞蒙，去看看你的妹妹吧，那年輕純潔的女孩，在她身邊你很快就會把我忘記的，我只是一個曾經使你受苦的女子。這個女子不會忘記和你在一起時的恩愛，她將永遠感謝你在生命裡留下了僅有的幸福。她的生命，也很可能不會再維持多久了。

我讀完最後幾個字的時候，簡直要發狂了。一片雲霧遮蔽了我，太陽穴裡湧進沸騰的熱血，我真害怕我會倒在街上。等我情緒稍微平靜一點，抬頭一看，才驚訝的發覺這個世界還是照常運行，並不曾因為我的不幸而停歇片刻。

我受不了瑪格麗特給我的打擊，我突然想起我的父親，至少他和我還住在同一個城市裡，十分鐘之內的路程，我就可以找到他，不管我因為什麼而痛苦，他也一定願意安慰我的。

我就像一個瘋子、一個落魄的盜匪似的，一直奔到巴黎旅館，看見父親的鑰匙就掛在門上，便直接開門進去。父親正在讀書。他看見我時，並不怎麼吃驚，那分從容好像正在等我。我整個人撲倒在他的懷裡，一句話也說不出來。我拿瑪格麗特的信給他看，在他的床前跪下，痛哭起來。

XXIII、重回巴黎

當生活重新回到以前的軌道時，我簡直不敢相信未來的日子該怎麼過。

有時我會幻想再回到布吉窪，瑪格麗特正在那裡不安的等著我，還問我究竟是什麼人留住了我，使我這般遠離她。

我不斷讀著瑪格麗特最後留給我的信，為的是說服自己，這一切並不是做夢。我的精神受了太大的刺激，所以身體狀況很糟，幾乎不能動彈，我知道我已經筋疲力盡。

父親又再次要求我和他一起回家。我自然是答應了，因為我現在正需要親情的安慰，否則我幾乎活不下去。我非常感謝父親能在這個時候成為我的依靠。

那天將近五點鐘的時候，父親招呼我坐上一輛長途驛車，一句話也沒有問我，就叫人收拾我的行李，和他自己的行李一起放在車子後面，然後我們便出發了。

直到見不到巴黎的時候，才驚覺自己過去的荒唐，但旅途的寂寞又不斷勾起我心靈的空虛。我又禁不住流淚了。

父親知道他的話語是安慰不了我的，便任由我哭泣，一句話都不對我講，只是偶爾握握我的手，意思是讓我知道，在我的身邊還有一個關心我的親人。

夜裡我也睡不好，一直夢見瑪格麗特的身影。

忽然我驚醒過來，自己也不明白為什麼會坐在一輛車子裡，逐漸回神之後才知道是怎麼一回事，我的頭無力的下垂，也不敢與父親說什麼，我怕他會譏笑我說：

「我早就跟你說過了，對不對？那種女人！」

可是他卻連這種風涼話都不願意講。所以直到我們到達目的地前，他只對我談了些不相干的話題。

當我回到家，親吻我可愛妹妹的時候，想起瑪格麗特在信裡提到關於她的話，只是無論我的妹妹多麼好，她還是無法讓我忘記我的愛人。

打獵的季節開始了，父親想了一個使我轉移悲傷的方法，他邀請了一些朋友、鄰居組成一個狩獵會，我也隨著他們一起去玩耍，我雖然沒有拒絕他們的邀約，卻也高興不起來，我離開巴黎以來，一直都是無精打采的。

大家出外狩獵時，他們會叫我守著一方。我將沒上火藥的獵槍丟在一邊，開始幻想起來。

我仰望行雲飛過，任憑我的思想在寂寞的原野上馳騁。有時我會聽到十步外的獵伴喊叫我看他獵得的野兔。

我的空虛、難過都逃不過我父親的眼睛，他並沒有讓我外表的鎮靜給騙了。他很了解我的心情，如果我繼續這樣下去，總有一天會出事的，所以他一方面避免做出安慰我的樣子，另一方面卻又努力轉移我的思想。

至於我的妹妹呢，她本來就不知道這些事情，自然猜不透她原來快樂的哥哥，怎麼忽然間變得這麼陰沉、落寞。

就這樣過了一個月，思念瑪格麗特的心不斷的啃噬著我，我曾經深深的愛過她，我不可能完全忘記她。

我必須愛她，或是恨她。但無論是哪一種感情，我都必須見她一面，而且是立刻要見到她。

於是我去請求父親，讓我去巴黎一趟，我答應很快就會回來。父親知道我想做什麼，所以他一直堅持不讓我離開，但最後他見我的情緒激動，恐怕我又失控，只有答應我，並不斷囑咐我要快去快回。

我回到巴黎的住處，穿好衣裳，趁著天氣晴朗，時間也還來得及，就決定前往尚塞利塞去。

半個鐘頭之後，我遠遠看見瑪格麗特的馬車來了。她又買回她的馬匹了，因為車子完全和以前一樣，只是她並不在裡面。回過頭來，我看見瑪格麗特正在旁邊散步。有一個陌生的女人和她在一起。

她從我身邊走過的時候，臉色蒼白，一陣強顏歡笑，嘴唇緊閉著。我呢，一陣猛烈的心跳，但我還是在臉上裝出一種冷淡的表情，冷冷的向我以前的愛人打招呼，她立刻走向她的車子，和她的朋友一起坐上車離去。

我是了解瑪格麗特的，這一次偶然的邂逅，一定使她倉皇不安，之前她一定知道我離開了巴黎。

但現在，我又回來了。她和我面對面的碰上了，又看見我悽惶的神色，她一定猜到我必定是有目的才回來的。

如果我所碰到的瑪格麗特正處於不幸，需要我來幫助她，也許我還可以原諒她。但是現在的她卻是快快樂樂的，至少在外表上是如此。已經有另外一個人供給一切，而那是我所不能給予的奢華，一想到這裡我就憂憤得無以復加，我決定復仇。

我裝作漠不關心的樣子，跑到敦絲家裡去。

女僕知道是我，便要我在客廳等一會。不久敦絲出來了，她帶我進她的化妝間。

我才坐下，就聽到客廳外面有開門的聲音，然後是一陣輕輕的腳步聲，接著，前門被重重的關上了。

「我打擾妳了？」

「一點也不，瑪格麗特剛剛在這裡，知道你來了，她就跑了，那個關門的聲音就是她。」

「她怕我？」

「不是，她怕你討厭看到她。」

「為什麼？」我用力呼了一口氣，有些緊張的說：「她離開我就是為了回到她以前享受的生活，她做得對，我不應該怪她，喔，我今天還碰見她呢。」

「在哪裡？」

「尚塞利塞，她和一個漂亮的女人在一起，妳知道那個女人是誰嗎？」

「她長的是什麼模樣？」

「金髮，很苗條，頭髮鬈鬈的，藍眼睛，看起來很漂亮。」

「是奧蘭勃，她的確很漂亮呢。」

「她現在和誰在一起？」

「她不和誰在一起，但誰都可以和她在一起。」

「她住在哪裡？」

「特弘雪路，第……號。哎呀，你想追她？」

「這很難講。」

「那瑪格麗特呢？」

「說我完全不想她了，這是騙人的話，不過她主動跟我分手，那麼輕易就把我們之間的一切結束了，我覺得自己從前實在是太傻了。」

「她一直很愛你，你知道，並且永遠都是愛你的，要不然她就不會在遇見你之後，立刻跑到我這裡來。她來的時候，全身發抖，就像是生了病似的。」

「那麼，她對妳說了些什麼？」

「她對我說，她一定會來看你的，她拜託我向你說聲對不起。」

「我已經原諒她了，妳可以對她這樣說。不錯，她是一個好女人，但是，終究還是一個妓女，她曾經怎樣對待過我，我都會記得，等著瞧吧。不過，說起來，我還要謝謝她呢，如果她不離開我，我今天不知道會變成怎樣呢！我從前真的是發瘋了。」

「瑪格麗特如果聽到你這樣說，她會很高興的。」

「她的債呢？都還了嗎？」

「差不多了。」

「誰幫她還啊？」

「N伯爵。他給了她兩萬法郎。雖然他知道瑪格麗特根本不愛他。你看見的一切，都是他做的。他為她買回了馬，贖回了珠寶，又給她老公爵過去每個月曾給她同等數目的錢；如果她願意安安靜靜過日子，這個人是可以長久陪她的。」

「她又做了些什麼呢？她一直都在巴黎嗎？」

「你走了之後，她再也不想回到布吉窪去了，還是我去那裡幫她收拾一切的。你的東西，我幫你另外裝了一包，你待會兒可以叫人來拿去。你的東西都在裡面，除了你的一個小皮夾，上面有你的縮寫符號，她留下了。如果你想要回去，我可以跟她說。」

「讓她留著好了。」我喃喃說著，想起從前住在鄉村幸福的日子，又想到瑪格麗特竟還想要保留一件我的東西，一件可以紀念我的東西，我的眼淚幾乎就要從心頭直湧上來。我想如果她那時走進來，我報復的決心一定會完全消失，而且我會跪倒在她的腳前。

「再說吧，」敦絲說：「我從來沒有看見過她像現在這個樣子；幾乎不睡覺，參加所有的舞會，常常夜宴，甚至醉倒，最近的一次是在晚飯之後，她一直昏睡了一個禮拜；醫生剛剛允許她起床，她又照樣折騰自己，拚命不想活似的。你要去看看她嗎？」

「看她做什麼？我是來看妳的，因為妳一向待我很好。而且因為妳，我才認識了瑪格麗特，做了她的情人，後來也是因為妳，我才離開了她，是不是？」

「呀！天啊，我是盡力使她離開你，希望你將來不要怪我。」

「我非常感謝妳，」我說著，站起身來：「因為我討厭這個女人，她把我的話都當真話。」

「你要走了嗎？」

「是呀！」

我知道的已經夠多了。

「什麼時候再見呢？」

「很快的，再見。」

「再見。」

敦絲送我到門口，我回到家裡時，眼裡充滿瘋狂的淚珠，心裡全是報復的慾望。

這麼看來，瑪格麗特的確是像普通妓女一樣。從前她對我的那分深情，勝不過重回富裕生活的慾望，勝不過馬車享受、酒食爭逐的享樂。在長夜失眠中，我這樣想著；痛苦中，我決定復仇，我要教她受苦。

我想到奧蘭勃，即使她不是瑪格麗特的親密朋友，至少也是她回到巴黎以後時常往來的，正巧那時奧蘭勃正要開舞會，我猜想瑪格麗特一定會到場，所以我決定去參加。

懷著痛苦、復仇的心情，我到了舞會場所，舞會上來賓已經很多。大家跳著舞，一群舞客中，我看見瑪格麗特正在和N伯爵跳舞，那個男人顯出驕傲的樣子，彷彿在向大家說：「這個女人是我的！」

我靠著壁爐站著，正與瑪格麗特面對面，看著她跳舞。她看出是我時，就顯得局促不安。

我毫不在意的揮揮手，和她打招呼。

我想到舞會散場後，她不會再和我一起回家，而是和那個她從前嘲笑的闊傻子在一起，他們會回到她的家裡，之後他們會做什麼，我非常明白，想到這裡，我全身熱血沸騰，心裡隨即興起仇恨的慾望。

我走到女主人奧蘭勃面前致意，她正露著她漂亮的手臂，和她迷人的頸項。這個姑娘真美，就身材來說，比瑪格麗特還要迷人，我正和她談話時，我感覺瑪格麗特的眼光轉移到她，我覺得得意極了。我想做這個女子的情人，一樣也可以像N伯爵那麼驕傲，瑪格麗特有什麼了不起？

奧蘭勃那時候還沒有固定的情人，所以我知道若要做她的情人，應該不是難事；只要秀出大把鈔票，就不難得到她的芳心。

我就這樣決定了，一定要這個女人做我的愛人。我要求和奧蘭勃跳舞。半個鐘頭之後，瑪格麗特的臉色慘白得像死人一樣，匆匆穿上她的皮大衣，離開了舞會。

XXIV、報復情人

我想我的所作所為已經傷了瑪格麗特的心了，但是我覺得還不夠。我知道我在瑪格麗特心裡占著怎樣的地位，決定利用奧蘭勃來刺激她。而如今，她已經死了，不知她是否在另外一個世界裡原諒了我？

熱鬧的晚飯吃過之後，大家便賭起錢來了。我坐在旁邊，一擲千金，使奧蘭勃禁不住要注意我。一會兒功夫，我就贏了一、兩百路易，我把贏來的錢攤在我的面前，她貪婪的盯住些錢。

我一邊賭博，一邊還關心她，一整夜，我都在贏錢，而且又拿錢給她賭，因為她面前的錢已經完全輸光了，說不定連她家裡所有的錢財也都輸掉了。

清晨五點，大家散場，我贏了三百路易。

賭客們一起到樓下，只剩下我一個人留在那裡。奧蘭勃提燈照著樓梯往下走，我這時回頭向她說：「我有話要和妳談談。」

「明天再談好了。」她說。

「不行，要現在。」

「什麼事？」

「妳等等就知道了。」

我於是又走進屋裡。

「妳賭輸了。」我說。

「是的。」

「妳把妳家裡的所有錢都輸掉了。」

「你想說什麼就直說好了。」她遲疑著。

「我贏了三百路易，全都是妳的。」

同時我拿起金幣擲在桌上。

「你為什麼要這樣做呢？」

「因為我愛妳呀！」

「不是吧？是因為你愛瑪格麗特。你利用我做你的情人，好向她報仇。不要騙我，親愛的朋友。可惜我年紀太輕，外表只算過得去，還不夠資格接受你請我客串的這個角色。」

「那麼妳是拒絕了？」

「是的。」

「請妳想一想吧，親愛的奧蘭勃，我本來可以串通一個人替我送來這三百路易，帶著我提的條件來要求妳接受，可是我更願意和妳直接交涉。請妳不要管我的動機，只管接受就是了。妳只要知道自己是一個美女，所以我愛上了妳，這也沒有什麼稀奇啊！」

瑪格麗特和奧蘭勃一樣都是妓女，但是我在第一次和她見面的時候，絕對不敢說出這種話。原來我是愛著瑪格麗特的。

結果，沒有問題，她接受了我的計畫。那天夜裡，我就以情人的身分，從她家走出來了。不過我離開她的床以後，我就忘了她的溫存，她的細語，我覺得那是我花六千法郎應當享受的。

從那一天起，我不斷想辦法使瑪格麗特難堪，奧蘭勃和她兩個人自然是不再見面了。我送了一輛馬車、一些珠寶給我的新情婦，我也賭博，總之，所有該做的荒唐事，我都做盡了。我的新戀情很快就傳遍了整個巴黎。

敦絲相信我已經完全忘記瑪格麗特了。而瑪格麗特自己呢？也許她已經猜到我的動機，也許她和別人一樣錯想我，不過她對我每天給她的侮辱，仍是用一種高度的尊嚴來應對。不過她看起來好像很難過，因為不論在什麼地方，我碰到她，只要多看她一眼，她的臉色越蒼白。我知道我對她的情愛，已經轉成憎恨，看見她受苦，我便快樂。有幾次，在我卑鄙殘忍的折磨之下，瑪格麗特向我投以哀求的眼光，我不由得臉紅起來，慚愧自己的所作所為，那一剎那我幾乎要跪下來請她原諒。

但是這種情緒就如同電光一閃，我復仇的意念仍是那麼堅定，而奧蘭勃也是無所不用其極的羞辱瑪格麗特，同時也不斷刺激我和她一起合作。

瑪格麗特終於只有什麼地方都不去，她怕遇見我們兩個人。既然見不到她，我們就以匿名信代替，反正只要能使瑪格麗特難受的，我們都積極去做。

我覺得自己像個瘋子，又像喝醉了酒的人，這一場復仇的行動中，我已經失去理智，並且不斷的傷害她，自己卻不知道自己在做什麼。然而瑪格麗特回應我的態度竟是一種安詳，一種不含輕蔑的安詳，我明明知道她比我高超，但我還是想與她作對。

有一天晚上，奧蘭勃一個人不知道在什麼地方剛好碰到瑪格麗特，這一次瑪格麗特對突如其來的羞辱並沒有讓步，以致奧蘭勃怒氣填膺的跑回來，而瑪格麗特則是在昏厥中被人送回家去。

回家之後，奧蘭勃向我告狀，她說瑪格麗特看她一個人好欺負，就報復她，奧蘭勃要我寫信去給瑪格麗特，告訴她以後不論我在不在她身邊，她都必須尊重奧蘭勃是我心愛的女人。

我當然答應了她的請求，我在這封信用盡了所有挖苦的、可恥的、殘忍的話語來羞辱責備瑪格麗特，寫完了，當天就派人送到她家去。

這一次的打擊太大，那可憐的女人再也經受不住。我想一定會有回信來，於是我決定一整天都不出門。

將近兩點鐘的時候，有人敲門，敦絲來了。

我裝出一副漠不關心的樣子，問她有何貴幹。敦絲嚴肅的告訴我，自從我回到巴黎以來的三個星期，我不斷的羞辱瑪格麗特，她因此生病了，再加上昨晚的事和今天寫去的信，她終於病倒了。

但是敦絲說瑪格麗特並不埋怨什麼，她只求我不要再折磨她了，她的精神和肉體已經無法承受了。

「瑪格麗特甩掉我，這是她的權利，但是她要侮辱我的愛人，我可不能答應。」

「朋友啊！」敦絲說：「你愛上了誰都沒有關係，只是欺侮一個不能自衛的女子，這樣做是不對的呀。」

「只要瑪格麗特趕走她的N伯爵，我和她就可以扯平。」

「你明明知道她是不能這樣做的呀。親愛的亞蒙，放過她吧，如果你現在看見她，你會羞愧無地的，她的形容憔悴，又在咳嗽，恐怕活不了多久了。」

敦絲拉著我的手說：

「去看看她吧，你的探望會使她非常安慰的。」

「我才不要看見N先生。」

「N先生從來不在她家裡的，她不准他那樣做。」

「如果瑪格麗特一定要見我，她知道我住的地方，她可以來啊，反正我是不會再去昂丹路的。」

「那你一定要好好接待她。」

「當然了。」我低聲的回答著。

「我相信她一定會來的。」

「叫她來吧。」

「你今天出門嗎？」

「今晚我都在家裡。」

「那我去告訴她。」

敦絲走了。

我答應在家裡等瑪格麗特，所以便不去找奧蘭勃了。但我也不想通知她，對她我一向不太在乎，我想她今晚一定能找到一個不認識的男人過夜的。

我出去吃晚餐，但很快就回來了。我在屋子裡生起了火，又故意打發僕人出去。

等待中的心情尤其複雜，過去的種種全都浮上心頭。

將近九點的時候，瑪格麗特來了。

「亞蒙，」她說：「你想看我，我來了。」

她的頭一低，淚人似的哭了。

我走近了她。

「妳怎麼了？」我說話的音調已經改變。

她握住我的手，哽咽著一句話也說不出來。過了好一會兒，她的心境稍微平靜，才對我說：「你害得我好苦呀，亞蒙，我可是從來沒有惹你啊。」

「從來沒有？」我反問一聲，帶著一陣苦笑。

「除了環境迫使我做的以外，從來也沒有。」

我還記得瑪格麗特上一次來看我的時候，她就是坐在同樣的地方，可是，現在，她已經是別人的情婦了。別人的嘴唇已經吻過她，但這時，就在同一張嘴唇上，我不能自持，又吻了她，然而，在那一刻，我竟覺得自己仍然和以前一樣愛她，也許更加愛她。

「我打擾你了，亞蒙，我有兩件事求你：第一，請你原諒我昨天向奧蘭勃小姐說的話。第二，請你憐憫我，不要再做那些教我難堪的事，不管你是有意還是無意，自從你回到巴黎之後，你讓我吃了許多苦，我已經無法再承受了。可憐我吧，握握我的手，我正在發燒呢！」

我緊握瑪格麗特的手，好燙，她的身體顫抖著。

「難道我沒有吃苦嗎？」我說：「那天晚上我在鄉下等妳，後來又跑到巴黎來找妳，結果只找到那一封叫我發狂的信！妳怎麼忍心騙我啊？瑪格麗特，我從前是那麼愛妳！」

「不要再提了，亞蒙，我不是來談那件事的。我只想再握一次你的手，你有一個年輕、漂亮的情婦，願你和她幸福，把我忘了吧。」

「妳呢，妳也是幸福的，不是嗎？」

「我看起來像是一個幸福的女人嗎？亞蒙，不要嘲笑我了，你和任何人都知道我為什麼痛苦。」

「你痛不痛苦，完全取決於妳自己啊。」

「不行呀，朋友，環境逼迫著我。我並不是你所想像的那樣，我只是服從了一個命令，總有一天你會明白的，等你明白以後，你就會原諒我的。」

「為什麼到今天妳還不能告訴我原因呢？」

「因為就算我告訴你原因，也不能讓我們倆結合，相反的，還會使你離開愛你的人。」

「妳所說的是什麼人？」

「我不能告訴你。」

「那妳就是在說謊了。」

瑪格麗特站起來，向大門走去。我看見她那痛苦的表情，心裡激動起來，想到這眼前憔悴的女子正是以前在奧伯哈戲院裡嘲笑我的輕狂女子。

「妳不要走！」我擋住她。

「為什麼？」

「因為，不管妳怎麼對我，我還是愛妳的，我要妳留下來。」

「今天留我，明天再趕我，是不是？不行！我們兩個人是不可能在一起了，不要再做什麼打算了，也許那樣你會更看不起我，至於現在呢，你只能恨我。」

「不，瑪格麗特！」我喊叫起來，我覺得我所有的愛情和欲望一碰到這個女子就全都復活了：「不，瑪格麗特，我要忘記一切，我們還是可以像過去那樣幸福。」

瑪格麗特搖搖頭，一臉疑惑的表情說：

「我不是你的人嗎？你要怎麼對我，就怎麼對我吧，把我拿去吧，我是你的。」

她脫去外衣，取下帽子，把它們全都扔到沙發椅上說：「告訴我的車夫，把我的車子趕回去。」

我親自下樓招呼車夫先離去。

我擁她入懷，替她脫了衣裳，她沒有任何反應。我把她放在我的床上時，她全身是冰冷的。我坐在她身邊，用我的撫慰溫暖她。她一句話也不說，只是望著我微笑。

啊！這真是神奇的一夜。瑪格麗特的全副性命似乎都在她給我的狂吻裡，在她熱情的狂愛中，讓我愛她愛到心坎兒裡。我甚至問自己，為了不讓她再屬於任何人，我是否要殺死她。

但我知道我們這種愛法，肉體和精神上的極度瘋狂，不到一個月，只會剩下屍骨的。

天亮時我們兩人都醒了。瑪格麗特的臉色鐵青的，一句話也不說，偌大的淚珠不時從她眼裡流出來，停在面頰上，晶瑩得像幾顆鑽石，她不斷張開疲乏的手臂來擁抱我，隨即又無力的落在床上。

有一刻，我幾乎已經忘記我們離開布吉窪以後所發生的一切事，我對瑪格麗特說：「我們離開巴黎，好嗎？」

「不行，不行！」她說，帶著恐怖的表情：「那樣我們不會幸福的，我不能給你幸福了。不過只要我還有一口氣，我就可以做你的奴隸。白天或晚上，只要你想要我，你來就是了，我一定是你的；但是不要把你的未來和我連在一起，那樣你得不到幸福，也會使我落入不幸。我現在還算是個漂亮的女人，趁早玩玩就是了，可是不要對我要求別的事。」

她走了以後，我被她留下的寂寞震懾住了，兩個鐘頭之久，我還坐在那張床上，凝望著床上的枕頭，上面還留著她躺臥的折痕，我不知道自己該怎麼辦才好。

五點鐘，我不知不覺的又走到昂丹路。

是娜寧開的門。

「小姐現在不能招待您。」她窘迫的說。

「為什麼？」

「因為N伯爵在這裡，她吩咐了不要任何人進來。」

「啊！是的。」我吞吐的說：「我忘記了。」

我像一個醉漢似的走回家。心裡想著這個女人在和我開玩笑，我幻想著她和伯爵親暱的情形，說著昨夜對我說過的話。我取出一張五百法郎的鈔票，連同下面一行字，一起交給她：

今天早晨，妳走得太快了，我忘了付錢給妳，這就是你陪我過夜的代價。

信送出去之後，我的心彷彿有著一種逃避後果的心理，我走到奧蘭勃家裡，她正在試新裝，嘴裡唱著淫穢的曲調。

這正是一個沒有廉恥、沒有頭腦的妓女典型。她向我要錢，我給了她，我就回家去了。

但瑪格麗特並沒有回信給我。

隔天下午六點鐘，有一個人送來一封信，裡面裝著我的那一張五百法郎的鈔票，其他什麼也沒有。

「這是誰交給你的？」我問那人。

「一位小姐，她帶著她的女傭乘船去了，她囑咐一定要等到她的車子離開了，才能送信給您。

我到瑪格麗特家裡。

「小姐今天下午六點鐘，動身前往英國去了。」門房說。

至此，我已經沒有必要再留在巴黎了，在這裡我已沒有恨也沒有愛。我被許多打擊弄得筋疲力盡，這時剛好一個朋友正有東方之行。我便告訴父親，想與他同行，父親答應了，十天之後便離開巴黎。

當我旅行至亞歷山卓城時，我從一位大使館職員那裡得知瑪格麗特病重的消息。

於是我寫了一封信給她，她也回了我一封信，就是你先前看過的那一封信。當時看完那封信之後，我決定立即返回巴黎。

這以後的事情你都知道了。

現在你看一下瑜莉交給我的那本日記，我想你會對我的這段感情有更深的了解。

XXV、真相大白

說到這裡，亞蒙累了，他把瑪格麗特的手稿交給我之後，就閉起眼睛，也許在沉思，也許想睡一會兒。

下面就是我所讀到的文字，一字不漏的抄錄如下：

今天是十二月十五日，我已經病了四、五天了，早上我躺在床上，心裡充邊了憂愁，身邊一個人也沒有，我想念你呢，亞蒙，你在什麼地方?當我寫這些字的時候，我距離巴黎已經很遠很遠，人家都說你已經把我忘了。也罷，願你幸福，你，你是唯一賜給我幸福的人。

這些日子的折磨，我終於病倒了，我可能會因這病而死去，因為我常有早死的預感。我的母親就是因為肺病而死的，但是我不能夠就這樣死去，我必須讓你明白真相，那麼有一天你回來，你還會記得一個你曾經愛過的女人。

你記得嗎?亞蒙，你父親來到的消息，震驚了我們在布吉窪的平靜生活。你回來的第一晚，告訴我你和父親之間的爭執。

第二天，你去巴黎等你父親時，有一個人送來了一封署名「杜瓦先生」寄來的信。

這一封信（我一併附上了）用最嚴厲的字句，請求我在第二天，一定要藉故將你支開，因為你父親要來找我，他說有話要對我說，並且囑咐我一定不能讓你知道他的行動。

這就是為什麼我懇切的勸你第三天一定要去巴黎的原因。

你走後一個鐘頭，你父親來了。我不需要描述他那嚴肅的神情，我想你可以想像得到。你父親認為妓女就是沒有思想、沒有智慧的生物，像是一部只會吸金的機器，隨時都會把人吃掉。

他的談話是那樣驕傲、無禮，甚至帶著威嚇的語氣，那整個情況迫使我不得不讓他明白我乃是住在自己的家裡，我的生活並沒有必要向他報告，除了我對他兒子有真摯的情感之外。

你父親聽了之後，稍稍平靜下來，但是他仍然說，他無法再忍受他的兒子為我傾家蕩產，關於這一點，我只能拿出我所有的當票單據來證明，我自從做了你的情婦之後，從來不曾要求你給我什麼。相反的，我變賣我所有的財產以作為我們的生活費。我告訴他，我們的生活多麼幸福，你的愛啟示我一種更安詳更歡愉的生活。

說到這裡，他才明白了一切實情，他伸出手來示意，請求我原諒他剛才傲慢的態度，接著他又說：

「那麼，小姐，我不再規勸或威嚇妳，而是祈求，妳既然為我兒子做了這麼多犧牲，那麼就請求妳為了愛他再做一件事。」

這句話使我發抖了。

你的父親靠近我，握住我的雙手，用和藹的音調繼續說：

「我的孩子，人生有時免不了要負責任，特別在感情方面，這可能是殘忍的，但是卻是必須的。妳很善良，妳的靈魂比別的女人都要高尚。但請妳想一想，一個男人在情婦之外，他還有家庭；愛情之外，還有責任；熱情的年齡過去之後，男人還是要老老實實的站在他規規矩矩的地位上。我的兒子沒有家產，但是他已經打算把他母親的遺產給妳。妳為他做了不少犧牲，他也不忘回報。但是社會上的人不會明白你們之間的情形，人們不會在乎亞蒙是否愛妳，妳是否愛他，你們的愛情是否幸福，他們只看見一件事情，那就是亞蒙居然為一個妓女（原諒我這麼說）變賣了他所有的財產。之後，責備就來了，那時候你們能怎麼辦呢？妳的青春消逝了，我兒子的前途也毀了，做爸爸的我呢，對他的指望也落空了。

「妳這麼年輕漂亮，妳可以再去尋找妳的幸福。妳是高貴的，你做了這件好事，說不定還可以彌補妳過去罪惡的一切。說實在的，亞蒙自從認識妳以來的這六個月，他把我這個爸爸忘得一乾二淨，我寫了四封信給他，他一次也沒回，這樣下去，我哪天死了，他都不知道！

「妳也許已經下定決心重新做人，但是亞蒙卻不願讓妳過那種簡陋的生活。他那點財產配不上妳的美麗，他賭博，妳知道嗎？他沒有告訴妳，妳知道他輸掉我多少積蓄嗎？其中還有我為我女兒預備的嫁妝呢！

「仔細想想吧，小姐，妳如果愛亞蒙，就犧牲妳的愛情，來換取他的前途吧，趁現在什麼悲劇都還沒發生，趕快了斷吧。妳知不知道亞蒙非常嫉妒曾經愛過妳的男人，他可能會去找他們挑戰，與他們鬥毆，他甚至會因此而被殺害，妳想想看，到了那種地步，妳會多麼痛苦！

「最後要說的是，我還有一個女兒，她年輕、美麗，純潔得就像是天使的女兒一樣，她和妳一樣也在談戀愛，她對她的人生正充滿憧憬呢。最近，我的女兒就要結婚了，她要嫁給一個她愛的男人，她要走進一個體面高尚的家庭，而這個家庭也要求我們必須是體面而高尚的，如果我未來的親家知道亞蒙在巴黎和一個妓女同居，他們就會取消婚約的，妳想想看，一個從來不曾害妳，一個有權利追求她人生幸福的女孩，竟因為妳而毀了她的一生！小姐，我女兒的命運就在妳手裡了，妳要破壞她的前途嗎？瑪格麗特，可憐我的女兒吧！」

我暗暗的哭了，為此想了很多，尤其是你父親親口提出這樣的要求，我想我必須嚴肅的面對這個問題了。我知道，總而言之，我只是一個妓女，不論我拿什麼理由來解釋我們之間的關係，人們看我，還是脫不了功利的色彩。我過去的生活，不允許我對人生有做夢的權利，但是，亞蒙，你知道我是愛你的啊！

杜瓦先生的父親喚起我對他的敬意，畢竟這位長者為他兒子的前途向我請命，這種想法抬高了我，使我自覺神聖而驕傲。一直到現在，我仍然為此深感欣慰。

「好吧，先生，」我擦乾眼淚，對你父親說：「你相信我愛你的兒子嗎？」

「我相信。」杜瓦先生說。

「你相信我對他的愛是完全無私的？」

「我相信。」

「你相信我曾經在這分愛裡寄託了我一生的夢想？」

「我非常相信。」

「那麼，先生，吻我吧，就像吻你親愛的女兒一樣，這一吻將是最純真的一吻，使我可以剛強起來抵擋一切，我對你發誓，一個禮拜以後，你的兒子就會回到你身邊了，也許他會有幾天痛苦的日子，但是不久他就會好起來的。」

「妳真是一位高貴的女子，」你的父親說，然後吻我的前額：「但是我很擔心妳會在我兒子身上留下影響。」

「啊！放心吧，先生，他會恨我的。」

之後我寫了一封信給敦絲，說我願意再次接受N伯爵的情意，請她安排我和他吃飯。我封上信，並不告訴你父親我信裡寫些什麼，我只請他回巴黎時，順道派人把這信送到敦絲那裡去。你父親還是忍不住問我在信裡寫些什麼。

「是你兒子的幸福。」我回答他。

你父親於是給我最後一吻，那一刻我感覺額頭上滴下了感激的淚珠，那淚珠彷彿洗淨了我過去所有的罪惡，在我同意將我自己委身給另一個男人時，那的確給了我許多勇氣。

杜瓦先生上了馬車離去了。

可是我究竟是一個女子啊，所以我晚上見你的時候，就禁不住哭了，不過我並沒有任由自己軟弱下去。

我做得對不對？今天我躺在病床上，如此自問。

知道嗎？當我們即將分離，我心裡是什麼感受，那時候你父親並不在那裡，沒有人支持我，有那麼一刻，我竟想對你直說啊。

有一件事你也許不相信，亞蒙，就是我祈求上帝賜我力量。

那天我和伯爵一起吃晚飯，有誰知道我需要幫助？我不願意去想，接下來我要做什麼，我真怕自己勇氣不夠啊！

我藉著喝酒、忙碌來痲痺自己，直到第二天早晨醒來時，我已經睡在伯爵的床上。

這就是全部的過程，亞蒙，請你原諒我，就像我原諒了那天以後你給我的一切折磨一樣。

XXVI、傷感日記

那似乎是命中注定的一夜過去了以後，我所受的痛苦是你絕對想不到的。

我聽說你父親帶你回家了，但是我懷疑你離開我之後還能支持多久。直到我在尚塞利塞又遇見你。

從此就開始那些可怕的日子，每一天我都要受你的汙辱，然而，我幾乎都是欣喜接受的。因為我知道你越是那樣做，越表示你愛我，我甚至覺得，你越逼迫我，就表示我在你心中的地越高。

不過我也不是立刻就那麼堅強的。有一段很長的時間，我故意讓自己忙碌，否則我害怕自己會瘋掉。我迷失在宴樂裡，敦絲告訴過你，是不是？所有的舞會、宴會我都參加。

我不斷的折磨自己，就像是一種慢性自殺，果然我的身體越來越糟，直到我請敦絲向你求情時，我感覺自己已經病入膏肓了。

只是亞蒙啊，你為什麼要那樣對待我？當我最後一次用行動表明我對你的愛之後，你竟那樣汙辱我，我只是個垂死的女子啊，我抵擋不住你求愛的聲音，而你竟以過夜的費用來辱責我。

於是我放棄了一切。那時候，G伯爵正好在倫敦，他對我們這種女人的感情只當成消遣，沒有嫉妒，也沒有憎恨。於是我去倫敦找他，他客客氣氣的招待我，不過，他在那裡交了一個交際花，所以不便與我親近，就把我介紹給他的朋友們，大家一道去吃了消夜之後，其中有一個人帶走了我。

你說我還有什麼辦法呢？自殺嗎？那只會使人後悔，也會連累你，再說，距離死亡已經那麼近的人，哪裡需要自殺呢？

此刻，我已成了沒有靈魂的軀殼、沒有思想的死人，在倫敦過了一段機械式的生活之後，我又回到巴黎。我到處打聽你的消息，才知道你已經去旅行了，巴黎已經沒有什麼值得我留戀了，我的生活又變回兩年以前的情形。我想挽回公爵，但是我過去太傷他的心了。

病魔快速的侵入我的身體，我的面容慘白，精神恍惚，比以前更瘦了，那些購買愛情的人是會考量貨色的，巴黎多得是比我更健康更豐滿的女人，我早已經被他們忘了。這就是過去一直到昨天的情形。

現在我的病已經很重了，我曾寫信給公爵，因為我沒有錢了，債主又一直上門來討債，拿著他們的帳單不斷的要錢，我不知道公爵會不會回信。你為什麼不在巴黎啊？亞蒙，你一定要來看我啊，你的到來會給我很大的安慰。

十二月二十日

今天天氣非常可怕，又下起雪來了，我還是孤單一個人，這幾天來，我的寒熱病越來越嚴重，所以幾乎沒有辦法再寫信給你。而你卻什麼消息也沒有給我啊，我每天都期盼你來信，但信始終沒有來，恐怕永遠也不會來的。

我不斷的吐血。啊，你如果看見我的模樣，你一定會很難過的。今天，我從我的窗子往外望，我看見巴黎的生活還是一樣，有幾張熟識的面孔在街上往來，他們看起來是那麼匆忙、那麼喜悅，沒有一個人抬起頭來看看我的窗戶，只有幾個青年人偶爾到我這裡來探問。

記得嗎？我從前病過一次，那時候我還不認識你，但是你天天來探問我的消息，而現在，我又病了，你人在哪裡呢？

我們曾經一起度過六個月快樂的時光，我對你的愛是一個女人竭盡所能給的，然而，如今，你卻已經遠離我了，說不你現在還正在詛咒我呢。

但我確信，如果你在巴黎，如果你知道這一切真相，你一定不肯離開我的，對不對？

十二月二十五日

醫生不准我每天寫信，其實我也知道，對你的思念只會使我的病更重。

昨天我收到一封你父親寫來的信，上面說：

小姐：

我聽說妳病了，我如果在巴黎，一定會親自來看妳，但我不能離開C城，而亞蒙又出遠門了，所以，請妳容許我寫信給妳，請妳相信我，我虔誠的祈求妳早日痊癒。

我有一個朋友會來看妳，我交代了他一件事，妳一定要欣然接受。

你父親真的令人敬佩，好好的愛他吧。

今天早上，你父親的朋友來了，原來，他帶來了你父親的三千法郎。我起初是想謝絕的，可是那人說恐怕這樣做會得罪杜瓦先生。於是我接受了。如果你回來時，我已經死了，請你代我謝謝他，轉告他承蒙他看得起我，還寫了封安慰信來，可憐的女子還因此流下感激的眼淚。

一月四日

我一連幾天都很痛苦，我從來不知道一個軀體能承受這麼大的折磨。

每夜都有人守著我，我的餐廳裡擺滿了朋友們送給我的糖果和禮物，我知道這些人之中還有人希望我病好了以後，做他們的情婦，只是，我想，如果他們看到我憔悴成這個樣子，他們一定會被嚇跑的。

醫生說，如果天氣晴朗，我可以偶爾出門走走。

一月八日

昨天我坐車出門，天氣非常好，尚塞利塞那裡遊人如織。

美麗的初春，到處生氣蓬勃。我遇到一些熟人，還看見奧蘭勃坐在N伯爵送給她漂亮的馬車上，她用一種輕蔑的眼光看著我，殊不知我距離虛榮的生活已經好遠好遠了，這一切已經不重要了。

四點鐘回到家裡，吃晚飯時還頗有胃口。今天出門使我心裡歡暢，希望我的病趕快好啊！

一月十日

恢復健康只是一場空夢，因為不久我又臥病在床了。全身是滾燙的。過去我用我的肉體去賺錢，但現在，誰理妳呢？

我想這一切一定是上帝在懲罰我啊！

一月十二日

我還是病著。

N伯爵昨天派人送了錢來，但我拒絕了。我再也不願意拿這個人的錢，使你離開我的人就是他。

啊，想到我們在布吉窪度過的那些快樂時光啊，如果我還能活著走出這個房間，我一定要去看看我們兩人曾經住過的那棟房子，唉，只是我想，我很難再活著離開這裡了。誰知道我明天還能不能寫信給你。

一月二十五日

我已經有十一個晚上失眠了。我呼吸困難，常常覺得自己就要死了。醫生一再囑咐我不要再寫信，照顧我的瑜莉知道我想寫，還准我寫這幾個字。亞蒙，你真的不回來了嗎？我死以前還能不能再見到你的面啊？難道我們就這樣永別了嗎？我真的覺得，只要你回來，我的病就會好了。

一月二十八日

今天早上我被一陣喊叫聲吵醒，瑜莉一聽見，立刻跑到外面去看個究竟。但她是哭著進來的。

原來是債主們來扣押我的東西。他們走進我的房間，翻開所有的抽屜，一樣樣登記，一點也不在意床上躺著一個快死的人。

他們臨走時，還留下了一個監視的人，唯恐我拿走什麼！啊，我落到什麼樣的地步啊，我的天，這件事使我的病更重了。

後來，我收到了你的信，你知道我多麼需要它啊，我回信還來得及嗎？你還見得著我嗎？這真是幸福的一天，我幾乎忘了這六個禮拜以來黑暗的日子，我甚至覺得我的病就要好了。

我夢想著我的病會好，你回來了，你還是那麼愛我，我們還能回到過去幸福的生活！想到這裡就覺得自己是瘋了，但我依然高興得幾乎握不住手裡的筆！

請你相信我，無論如何，我一直都是愛你的，亞蒙，如果不是這分愛的回憶，如果不是期待著你的歸來，我早就死去了。

二月四日

G伯爵又來了，原來他的情婦騙了他，他傷心的來找我哭訴，唉，可憐的人，事業不順，愛情又失利，不過，他還是幫我還了一些債，而且幫我趕走了監視我的人。

公爵昨天派人來探聽我的病情。今天他親自來了。我不知道這老人為什麼還活著？他在我身邊坐了三個小時，總共和我說不到二十個字。他看見我臉色這麼憔悴，難過得流淚了。他一定是想起他女兒死前的情況。

天氣越來越惡劣，來看我的人也越來越少了，只有瑜莉還在我身邊，至於敦絲，她早就藉故離開我了。

亞蒙，我離死神已經很近很近了。

聽天由命吧！

二月五日

啊，來啊，快回來啊！亞蒙，我好苦啊！我就要死了！

但是我不管我的寒熱病多麼重，昨天，我還是穿上了衣裳，到佛德維戲院去了。瑜莉幫我上了點胭脂，否則我簡直蒼白得像一具屍體了。

我到了我們第一次見面的那個包廂，我的眼睛一直注視著那晚你坐的位子。那個位子昨晚是一個鄉巴佬坐的，他聽到演員說話時，總是禁不住轟然大笑。

回到家裡時我覺得我已經死了一半，整夜都在咳嗽、吐血。到了今天我完全說不出話來了。天啊，天啊，我就要死了！我本來就是在等死，可是我想不到我會受這麼多苦啊！而且，如果……

從這幾個字以後，瑪格麗特的字跡已經模糊得不能辨認了。以下是瑜莉接著寫的。

二月十八日

亞蒙先生：

瑪格麗特自從堅持要到戲院去那天以後，她的病就一天天沉重了。她完全不能講話，接著四肢也不能動了。我這可憐的朋友所受的苦，真是言語沒有辦法形容的。

多麼希望你就在她身邊啊，她一直昏迷著，但只要她能說出一個字來，那就是你的名字。

醫生說她活不了多久了。老公爵也不再來了，因為他受不了這死別的場面；敦絲過去一直靠瑪格麗特生活，現在眼看瑪格麗特不再有利用價值了，她也不再來了。G伯爵欠了些債，逃到倫敦去了，臨走前還寄了些錢來，也算是盡了他的力量了。

又有人來查封瑪格麗特的東西。債主們說好，等她一死，就要動手拍賣。

你一定無法想像這可憐的女孩是在一種多麼美麗的窮困裡受折磨而死，昨天我們一個錢也沒有，碗盤、珠寶、衣物、什麼都當了。其餘的不是賣掉，就是查封。

瑪格麗特的意識還很清楚，她的肉體、精神、情感都承受著極大的痛苦，汩汩而流的淚水淌在那消瘦憔悴的臉龐上，你以前那麼疼惜的面容如今已經不再了。

她不能寫字的時候，她就要我幫她寫，這封信就是我在她面前寫的。她的眼睛朝我這裡望著，不過，她看不見我，她的視覺幾乎已經被死亡的陰影遮住了，但是她還在微笑。而且，她所有的思想、全副靈魂都是你的，這是我非常肯定的。

每次有人開門，她的眼睛就閃亮起來，她總是以為你會來；後來發現不是你，她的臉馬上就又恢復了痛苦的表情，一陣冷汗淋漓，臉頰脹得通紅。

二月十九日午夜

今天是個多麼悲慘的日子啊，亞蒙先生，一早瑪格麗特的呼吸就阻塞了。醫生為她放了血，她的精神才又慢慢恢復過來，醫生經過她的同意，找來了一位神父。

這時候，瑪格麗特請我打開她的衣櫥，指著一件鑲滿了花邊的長襯衫和一頂帽子，用軟弱的聲音對我說：

「我懺悔以後，就要死了，請妳為我穿上這些衣裳，這是一個垂死女人的漂亮打扮呢！」

後來她哭著說：「我的氣不夠啊！我要空氣！」

我淚流滿面，打開了窗戶，一會兒之後，神父來了。

神父帶了一個唱詩的孩子和一位祭司進來，孩子拿著一個十字架，祭司手裡搖著鈴，宣告上帝到死者家裡來了。

那一刻我跪下了。神父在死者的腳上、手上和額頭上都抹了聖油，又為死者祈禱。

從那時候起，瑪格麗特就再也沒有說一個字，也沒有做任何一個動作，有那麼一、二十次，如果不是聽到她用力呼吸的聲音，我幾乎相信她是死了。

二月二十日下午五時

一切的苦難結束了。

夜裡兩點鐘的時候，瑪格麗特彌留了。她不斷的喊叫，那種臨死的苦難，我從來沒見過。有兩、三次她在床上直挺挺的坐起來，像是要抓住她那逐漸升空的生命似的。

後來有兩、三次，她叫著你的名字，之後，她就默然無聲，筋疲力盡的倒在床上了，淚水靜悄悄的從她的眼裡流了出來。

她死了。

我走她面前，呼喚她的名字，她沒有答應，我於是替她闔上了眼，在她的額上親吻。

我照她所交代的把那漂亮的衣裳給她穿上，又為她點上兩根蠟燭，在教堂裡為她祈禱了一個鐘頭。我把她的一些零錢給了窮人。

我相信上帝知道我的眼淚是真實的，我的祈禱是真摯的，代替她施捨也是誠懇的，我想祂會憐憫這個年輕貌美就死去的女子。

二月二十二日

今天舉行瑪格麗特的安葬典禮。她的一些朋友都到教堂裡來了。有幾個還哭了起來。在喪葬的隊伍中有兩個男子跟在後面，一位是G伯爵，她特地從倫敦趕回來；另一位則是公爵，有兩個僕人扶著他向前走。

這些過程我都是在瑪格麗特的家裡寫的，在我的淚水中，在悲慘的燈光下，我把這些都記錄下來，等你回來以後再交給你。

XXVII、結束

「你都看過了？」我看完這些信之後，亞蒙問我。

「嗯！我了解你的感受，朋友。」

「我爸爸後來寫來一封信，也證實了這一切。」

我們兩人相對唏噓一陣之後，我回到我的家中。

亞蒙還是那麼悲傷，但是說完故事之後，卻也輕鬆很多，他的身體很快就復原了。於是我們一起去看敦絲。

敦絲破產了。她說是瑪格麗特害她破產的，因為瑪格麗特生病時向她借了許多錢，錢還沒還，瑪格麗特就死了，以致她債臺高築。敦絲就靠這一套編造的故事，躲過不少債主的催逼，不但這樣，她還敲了亞蒙一千法郎。

我們之後又到瑪格麗特的墳上去。初春的陽光映照著初生的嫩葉。

最後亞蒙回到他父親那裡去，他也邀請我和他一起回去。

我們到了C城，我見了杜瓦先生，正如他兒子向我所描述的那樣，他的父親有著高大的身材、莊嚴的神采以及和藹的性格。

他歡喜的迎接亞蒙，幾乎喜極而泣。他又親切的與我握手。

他的女兒白朗黛，有著晶瑩的雙眸和嫻靜的氣質，她看起來是那麼純潔虔誠。她微笑著歡迎她的哥哥回來，想這單純的小女孩，還不知道在遙遠的地方，有一個女人，為她犧牲了她自己一生的幸福。

我在那個幸福的家庭住了些日子，就回到巴黎了。

我把我知道的一切，寫成這個故事，記錄一個女子的真實故事，她曾經歷過一場銘心刻骨的愛情，她曾為愛情所苦，最後她因愛情而死。